ベスト時代文庫

献残屋　火付け始末

喜安幸夫

ベスト時代文庫

KKベストセラーズ

目次

この作品はベスト時代文庫のために書き下ろされたものです。

火付け始末

一

朝からようすが違う。かといって、大雨でも強風が吹いているわけでもない。快晴なのだ。

大和屋《やまとや》の玄関に雨戸を開ける音がするのは、いつもなら東の空が白みはじめたころである。おもてに出た志江《しえ》が往還《おうかん》に竹箒《たけぼうき》の筋目《すじめ》を入れ終わったころに日の出の明け六ツを迎え、

「お姉さん、お早う」

と、若い舞《まい》が姐《あね》さん被《かぶ》りの志江に声をかけ、出たばかりの朝日を背に街道のほうへ歩を踏んでいくのが毎日の光景だ。だがこの日は、

「わっ、まぶしい」

すっかり昇っている太陽に志江は思わず目をそらせた。時刻にすれば昼四ツ（およそ午前十時）にはなっていようか。となりもお向かいさんもまだ雨戸が閉まったままで、もちろん舞が玄関先に歩を拾って行ったようすもない。雨戸を開けるとまっさきに軒端《のきば》へかける〝よろづ献残《けんざん》　大和屋〟と墨書《ぼくしょ》した木札《きふだ》も、志江は手にしていない。往還に人通りもなければ大八車の音もない。江戸湾の潮騒《しおざい》が、家のならびの向こうから聞こえてくる。

すこし風が吹いた。軒端の注連飾《しめかざ》りがかるく音を立てた。元禄十五年（一七〇二）の元日である。志江は明かりとりに雨戸を二枚ほど開け、大きく息を吸った。外気が体内に入り、全身の清められる思いがする。武家奉公を清算し、芝《しば》三丁目の裏筋に仕舞屋《しもたや》を借り受け、小さな献残屋を立ち上げたばかりの箕之助《みのすけ》のもとに転がりこんでから迎える、二度目の正月である。玄関の三和土《たたき》に戻り、

「ねえ。きょうは本当に元旦なのですねえ」

廊下の奥に声を入れた。町の静けさに、あらためて実感したのだろう。

「外はまだ冷たかろう。早く入っておいでよ」

居間のほうから箕之助の声が返ってきた。志江は玄関の腰高障子をうしろ手で閉め、店場になっている板の間に上がった。そう広くはない。板の間の向こうは商品

ってている。

の置き場に使い、その奥が居間である。あとはもう台所だ。二階は一間で寝間に使っている。

「やはり元旦なんですねえ」

居間に戻った志江は、薄い蒲団をかぶせてそのまま炬燵《こたつ》にした卓袱台《ちゃぶだい》の下に足を入れた。二人で遅めの簡単な朝食をすませてから、箕之助は手持ち無沙汰にお茶を飲んでいる。売掛けや買掛けの清算に奔走した年末を乗り越え、元旦の一日《いちにち》をひたすらのんびりと過す。それが町家の住人にとっては最高の新春気分なのだ。

「風もないし日照りもよく」

と、志江も湯呑みを口にし、

「去年のいまごろは」

感慨深げに言った。

「そうだったなあ」

箕之助は湯呑みをまた一口すすった。去年、元禄十四年の元旦は皆既日食が重なり、朝は闇のなかだった。幕府の天文方より町々にもお達しはあったが、いざ遭遇すると人々はやはり驚愕し、不吉な予感にとらわれたものだった。

「ほんとにこの商い、他人《ひと》さまの奥向きといいますか、世の裏がよく見えるものですねえ」

志江は湯呑みを置き、向かい合わせに座っている箕之助の顔を見つめた。

「あゝ、見える」

箕之助は応じ、視線を宙に泳がせた。志江は後悔した。仕事向きのことは、元日の話題にすべきでなかった。朝から弛《ゆる》んでいた箕之助の表情に険《けわ》しい色が浮かび、志江はその胸中に走ったものを読みとった。

（許せぬ悪行は、葬《ほうむ》らねばならぬ）

そうした事件に、自分の店を立ち上げて以来、もう何度も遭遇してきたのだ。

「ははは。それはね、気持ちよく商いをさせてもらうためのことだからね。まったく因果なものさ、献残屋の商いとは」

箕之助は志江の心中を読んだか、安心させようと故意に笑いを乗せて返した。だが、言葉はつづいた。

「泉岳寺《せんがくじ》門前の鳴海屋《なるみや》さんだが、あしたの年始の挨拶、午前中にでもちょいと行って、ようすを見てきてくれないか。どうやら女の目から見たほうが見えるものもありそうだから」

「ま、そんなこと」

志江は返したものの、

「そうかもしれませんねえ」

肯《うなず》いていた。

泉岳寺門前とその周辺の住人は、昨夜の除夜の鐘も落ち着いて聞かれなかったはずである。極月《ごくげつ》（十二月）に入ったばかりのころ、つい先月だが、町内に火付け騒ぎがあったのだ。深夜だった。鳴海屋の裏の板塀に紙屑と少しばかりの柴が積まれ燃え上がった。さいわい近所の者が見つけ、すぐ消しとめた。状況から、付け火であることは明らかだ。

「――誰がこんないたずらを！」

鳴海屋のあるじ富三郎《とみさぶろう》は町の衆に憤慨して見せた。

それがあと数日で大晦日《おおみそか》という日にまたあった。おなじ場所で、紙屑も積まれた柴も一抱えほどと多くなっていた。板塀にまで燃え移ったが、このときもさいわい消しとめた。だが、二度もつづいては憤慨するよりも富三郎は蒼《あお》ざめ、

「――心当たりはありませぬ。ただ、誰かがわたしを逆恨みし」

言いながら泉岳寺門前の一軒一軒に詫びを入れた。そのときの挨拶の品を急遽用意したのが、大和屋だったのだ。

泉岳寺門前の住人は口々に言った。

「――困りますよ、鳴海屋さんが燃えたのでは洒落《しゃれ》にもなりませんからね！」

鳴海屋は蠟燭《ろうそく》問屋なのだ。

「――鳴海屋さん。あんた、なにか身に覚えがあるのじゃないですか！」

詰め寄る者も一人や二人ではなかった。

それよりも、三度目を防ぐことである。もちろん鳴海屋は不寝番を立て、町内の者は自警団を組織し、毎夜夕刻から夜明けまで警戒の目を光らせた。空気の乾燥しているときに燃え上がれば、町内一円どころか泉岳寺も焼失することになろう。泉岳寺を筆頭に周辺の寺々も自警団に加わった。

「あしたのお年始、見舞いも兼ねましょうかねえ」

志江は言い、箕之助も頷《うなず》いた。泉岳寺門前とその周辺はこの元日、表面は静かでも神経は苛立ち、のんびり朝から茶をすすっている家など一軒もないはずである。

その町家は芝とは街道一本で結ばれ、そう遠くはない。日本橋からつづいている東海道沿いに南西方向へ一丁目から四丁目までつづく芝の街並みを過ぎれば沿道は田町《たまち》と名を変え、南へ弧を描きながら家々がさらに一丁目から九丁目まで十丁（およそ一粁《キロ》）ほどつながる。その南端の芝九丁目を過ぎれば街道の東側は海辺となって潮風にさらされ、風の強い日は波しぶきが往来を濡らすこともある。江戸湾の袖《そで》ケ浦《がうら》の浜である。芝九丁目を過ぎ袖ケ浦の海浜に沿って南へ五丁（およそ五百米）ほども進めば泉岳寺門前である。泉岳寺の山門から下ってきた二丁足らずの門前町の往還が、街道に向かってぽっかりと口を開けている。

鳴海屋はその坂道の中ほどに暖簾を張っている。芝三丁目の大和屋からなら午前の内に行って戻ってこられる距離である。

「できたらな、ご門前の近所で噂を拾ってきておくれよ」

箕之助は炬燵に足を入れたまま言った。

「もちろん、そのつもりです」

と、すでに志江はその気になっている。

最初に噂を伝えたのは舞だった。鼻の容《かたち》がかわいくおちょぼ口で美形の顔に緊張と憤慨の色を走らせ、大和屋の居間で志江と箕之助へ興奮気味に話したのは、二回目の付け火騒ぎの日だった。ほんの数日前である。

田町では七丁目から九丁目にかけ街道の両側に茶屋がならんでいる。江戸府内から旅に出る者の見送りはおよそこのあたりまでと相場が決まっており、見送り人たちは縁台にちょいと腰をかけて別れを惜しみ、旅に出る者は田町九丁目を過ぎて街道の片側が海になると、いよいよ旅に出たとの思いが湧いてくるのである。逆に府内に入る者は、海浜を過ぎて田町の町並みに入れば、ようやく江戸に着いたとの実感を覚える。それらが気軽に腰を下ろせる茶屋がこの一帯に多いのだ。もちろん、馬子《まご》や駕籠舁《かごか》きに大八車の人足たちもよく腰を下ろしていく。だからいずれの茶屋も朝が早く、日の入りの前後には店を閉じる。

舞は田町八丁目にあるそうした茶屋の一軒で茶汲み女をしているのだ。一帯は噂の集散地でもあり、舞は芝二丁目の裏店《うらだな》に大工の兄と塒《ねぐら》を置いており、毎朝毎夕、街道への近道に芝三丁目の大和屋の前を通るのである。

「――もう、みんな知っているのよ！　誰が鳴海屋さんを燃やそうとしたのか」

帰りに大和屋に立ち寄った舞は、身を震わせて言ったのだ。舞がいう〝みんな〟とは、沿道の茶汲み仲間たちである。舞はその名も事の経緯《いきさつ》も、同情と興奮の口調で話した。だが、

「――舞ちゃん。誰も見た人いないのでしょう。かるがるしく言っちゃだめよ、そんなこと」

志江はたしなめ、

「――そう。それが岡っ引や役人に知れたら大変だよ」

箕之助も諫《いさ》めるように言ったものだった。付け火は惨禍の大小に限らず火焙《ひあぶ》りの刑である。犯人の名が出てそれが身近な者であれば、言うほうは声が震え、聞くほうも慎重になるのは当然である。だが箕之助も志江も、舞の話に十分な根拠があったため、

（ひょっとすると）

思わぬわけではなかった。

「お正月だから、ちょっと贅沢《ぜいたく》しましょうか」

と、志江は朝入れた急須《きゆうす》の茶葉を替え、また炬燵に戻った。元日に来客もなければ物売りも来ない。

「暮れには鳴海屋さんの番頭さんが不意にやってきて、差し迫ったときに思わぬ現金商いができたものだが」

新たなお茶を淹れる志江の仕草に目をやりながら箕之助は言った。

蠟燭問屋といえ小火《ぼや》のお詫びに蠟燭を一本一本近所へ配るのは具合が悪い。

「――いますぐ、できるだけ数をそろえて下さい」

駈けつけた鳴海屋の番頭に頼まれ、箕之助に暖簾分けをしてくれた本家の蓬萊屋《ほうらいや》にも応援を求め、用意したのは葛粉《くずこ》と片栗粉《かたくりこ》であった。そのほか物置にしている部

屋には沽魚《ひもの》や熨斗《のし》鮑《あわび》、干貝《ほしがい》、昆布《こんぶ》などもあったが、目の前が江戸湾とあっては気の利いた配り物とはいえない。献残屋とは、礼物《れいもつ》の循環業者で、自然扱うものは日持ちのする品物で檜台《ひのきだい》や折櫃《おりびつ》、角樽《つのだる》なども扱う。大名家や高禄旗本にも出入りのある本家の蓬萊屋では、飾り太刀に熊胆《くまのい》や紅花《べにばな》など各地の名産も数多く扱っている。

『この世に無駄なものはありません。熨斗紙《のしがみ》一枚、水引《みずひき》一条といえ、すり切れて使えなくなるまで使うのです』

蓬萊屋のあるじ仁兵衛《にへえ》は常に言っている。その一方において、礼物の循環に携《たずさ》われば、その相談の過程で自然相手方の奥向きに立ち入ってしまうこともよくある。鳴海屋の番頭も、詫びの品を急遽まとめて贖《あがな》うのに、

「――不可解な付け火とはいえ、小火を出しましたからには近所に謝ってまわらねばならず」

と、小火騒ぎのあったことを正直に話したものである。箕之助が献残屋を〝因果な商い〟と言ったのはこのことである。

年末の慌《あわただ》しいなか、まとまった数の葛粉と片栗粉を背に、手伝いに来た蓬萊屋の手代と一緒に鳴海屋の番頭について泉岳寺門前まで行った。当然、街道筋の田町を通る。舞がそこにいる。声をかけられ、

「――ちょいと泉岳寺門前まで」

軽く応えると、

「――えっ。あの噂のところへ！」

舞は思わず声に出したものである。鳴海屋の番頭は、バツの悪そうな顔をしていた。その日も舞は茶屋を閉めたあと大和屋への足を速め、街道の茶屋の女たちのあいだでながれている噂を吐露したものである。

「――許せない！」

舞は言っていた。付け火をした者に対してではない。鳴海屋のあるじ富三郎に対してである。

だが箕之助にしては、泉岳寺門前のお店《たな》との取引はこれが初めてなのだ。販路拡張の足がかりになる。そこに付け火騒ぎが、二度も連続してあったのだ。

二

元日明けの二日も朝から天候に恵まれた。

「では、おまえさん」

と、志江が泉岳寺門前に出かけたのは、舞が白い息とともにいつもの朝の声を入れたあと、太陽がいくぶん昇ってからであった。午前中は、珍しく箕之助が店番である。

町は二日から動き出す。きのうは閑散としていた街道にも朝から旅人姿が見送り人とともに歩を踏み、荷馬がいななき大八車の車輪の音も聞こえる。人が出歩けば当然沿道の茶屋も店を開く。三河万歳やお福さんの門付《かどづ》けが町々にくり出すのもこの日である。町衆は七福神の宝船売りの声とともに年始の挨拶に出かけ、商家では初荷が入る。宝船はもちろん刷《す》り物だが、これを枕の下に敷いて寝れば縁起のいい夢を見るという。なぜか元日ではなく二日の夜に見るのが初夢とされている。

献残屋にとって欠かせないのは、「さぁて、さて。おたから、おたから」の宝船売りの声にまじって聞こえる、「払い扇箱《おうぎばこ》、買おう、買おう」と、町々をまわる扇買いの声だ。年始の挨拶は扇をお年玉にするのが一般的である。大晦日まで町々には「おうぎ、おうぎ」と、扇売りの声が聞かれる。造作は粗悪で扇面には派手な松竹梅や鶴亀、富士の絵などが描かれ、日常に使えるものではない。だが儀礼の品とあっては桐箱《きりばこ》に入れられ、中身よりそのほうが高かった。年礼を幾人も受ければそれだけ桐箱もたまる。商家や医者などは繁盛を示すため、玄関の式台へ井桁《いげた》に高く積み上げたりもする。それらをすかさず買い集めてその足で献残屋に持ちこむのが扇買いである。いくらかの手間賃が稼げる。献残屋ではそれを買い集め、「あと二、三把《わ》至急に」などと買いに来る客に売る。この日献残屋は一日中店を留守にすることはできない。

　まだ午前というのに、

「えー、払い扇箱ござい」

声が聞こえてくる。

志江が鳴海屋へ持って出たのは、塩鳥《しおどり》でも高価な鶴であった。塩漬けの鳥肉も献残屋が扱う商品である。

鳴海屋の奉公人たちも忙しげに立ち働いていた。大和屋のご新造と聞いて番頭が出てきた。年末からの気苦労をそのまま新年に引きずっているのであろう、表情に緊張が感じられる。大和屋が町内や隣町ではなく、かなり離れた芝ということで番頭は気を許したのか、「夜よりも、こういう昼間のほうが気が休まるのですよ」などと言う。

「旦那さまは？」

志江が問うと番頭は、

「ご存じのように、年末以来奥のほうで……いま、人に会うのはちょっと」

言葉を濁した。あるじは噂の真偽を質《ただ》されたくないのであろう。お上に知れたなら、付け火の原因は鳴海屋と断定され、闕所《けっしょ》（家財没収のうえ江戸追放）にもなりかねないのだ。

店の中にただよう緊張感は、それへの恐怖もあろう。そうした雰囲気のなかで、志江は多くを訊くこともできず挨拶だけで外に出た。

街道への坂道を下りていると、背後に走ってくる下駄の音とともに、

「大和屋さん！」

呼びとめる声があった。振り返ると、急な下り坂で声の主は勢いがついている。

「あらあらあら」

志江は身構え、両手を差し出してその身を受けとめる形になった。

「店の奥で聞いておりました。大和屋さんのご新造さんですね。あたくし、鳴海屋の家内でございます」

「まあ、さようでございますか」

歳《とし》なら志江とおなじ三十がらみのようだ。坂道でまだ抱き合うように互いに腕をつかんでいる。

「あらあら」
「まあ」
二人は慌てたように微笑み合い、腕を離した。坂道をまばらに上り下りしている
のは恵方参《えほうまい》りの参拝客たちか、笑いながら二人に視線を向けている。
「恥を忍んで、実はお伺いしたいことが」
鳴海屋の新造は真剣な表情になった。志江は承知した。さきほどの腕を取り合っ
た動作からも親しみを感じている。新造も番頭とおなじように、いま町内から厳し
い目を向けられているなか、離れた町の人にかえって気を許したのであろう。その
追いつめられた心情に同情の念も湧いてくる。それに、鳴海屋の新造が思わず下駄
をつっかけて飛び出してきたのは、志江が女だったからに相違ない。舞が志江と箕
之助に語った噂は、鳴海屋の新造にそうさせるような内容だったのだ。箕之助が志
江に「女の目から見たほうが」と言ったのは、思った以上の効果があったことにな
ろうか。この時点で、すでに大和屋は初めての商いがあった鳴海屋の奥向きに踏み
入ってしまったのかもしれない。
『相談には乗っても、みずから口を出すようなことをしてはなりませんよ』
これも、本家の仁兵衛がいつも言っていることなのだ。

二人は、街道に近い座敷茶屋の奥に一部屋をとった。となりの部屋は遠くから来た恵方参りの家族連れが入っているのか、子供の声が聞こえてくる。

座卓をはさんで腰を下ろすなり新造は切り出した。

「あたし、なにを聞かされても驚きません。それに、もう感づいてもいるのです。それが、内輪のことだけで終わるのなら我慢もできますが、ご町内の皆々さまにまでご迷惑をおかけするに至っては……」

声を詰まらせ、

「献残屋さんなら、離れた町であっても、お聞き及びなんでございましょう。あなたさまがきょうお越しになったのも、それを確かめようと……」

問い詰めるように、新造は志江を見つめた。目鼻の筋が通り、キリリと締まりのある面立ちである。

志江は迷った。話すべきか否か。それは女として最も辛い、というよりも、他人から聞かされればこれに勝る屈辱はないほどの内容なのだ。

仲居が注文を取りにきた。部屋の緊張が一瞬ほぐれた。まだ午前《ひるまえ》というのに女二人が酒というわけにはいかない。鳴海屋の新造は、

「甘いものは」

と、志江に伺いを立て、茶と簡単な茶菓子を注文し、仲居にそっと心づけを渡した。

沈黙がながれるなかに、座卓には湯呑みと茶菓子の盆がならんだ。仲居が去り、緊張の糸はふたたび張られた。湯呑みに伸ばした新造の手は震えていた。事は付け火なのだ。このまま放置すれば、三度目がきっとある。いずれかが死罪、それに鳴海屋は闕所か。それよりも泉岳寺をはじめ、東海道の一角が焼け野が原になるかもしれないのだ。

志江の胸中にはコトリと落ちるものがあった。

（防げるかもしれない、この人なら）

いま眼前の表情に感じとったのだ。

「ご新造さん」

志江は湯呑みを口に運び、ゆっくりと座卓に戻した。

「はい」

鳴海屋の新造は志江を見つめたまま、上体を前に乗り出した。

噂を口にしたとき、舞は憤慨していた。

「――おエンちゃんもおかしいのよ。自分でさっさと川越《かわごえ》に帰ればいいのに。律儀すぎるのよ、あの娘《こ》」

「――ほう、そのおエンちゃんというの、川越の産かね」

　箕之助は問い返した。箕之助も川越の水飲み百姓の出で、子供のころに二親《ふたおや》と死に別れ、行き場を失って江戸に出てきたのだ。詳しく聞けば、武州《ぶしゅう》川越の手前の大井宿《おおいじゅく》の出で、箕之助とおなじ水飲み百姓の娘であった。川越街道の基点になっている江戸城北西の板橋宿《いたばしじゅく》からおよそ一日の距離である。

　二年以上も前のことだというから、箕之助も志江もおエンを直接には知らない。

「――あゝ、知ってらあ。けっこう目鼻のととのった娘だったぜ」

　舞の兄の留吉《とめきち》が横から口を入れていたから、田町の茶屋の界隈では舞と姿形《すがたかたち》ではけっこう評判をとっていたのだろう。歳も舞とおなじくらいで、いまは二十《はたち》歳か
それに近いらしい。

　そのおエンに目をつけたのが、鳴海屋のあるじ富三郎だった。

「――近いものだから毎日通ってきてサア」

　舞はさも嫌そうな口調で話した。おエンは茶屋の茶汲み女をやめ、富三郎の囲われ者になったのだ。月々の手当は十分だったらしい。だが無神経だ。富三郎が用意

した妾宅《しょうたく》は田町からすぐの三田《みた》三丁目で、大和屋をもっと小振りにしたような一軒家で小ぢんまりとした蠟燭屋を出させたのだ。近すぎる。東海道で公儀の辻札が立つ田町四丁目の札《ふだ》ノ辻《つじ》から北方向へ分岐する往還が延びており、本街道とおなじ大八車が二台すれ違ってもまだ余裕があるほどの幅を持ち、進めば江戸城外濠《そとぼり》の虎《とら》之《の》御門《ごもん》に至り、いわば江戸府内での東海道の脇道を形成している。その脇街道へ札ノ辻から入ったばかりの一帯が三田三丁目であり、妾宅は脇街道からすこし枝道へ入ったところに建っている。舞が毎日芝二丁目から田町八丁目の腰掛《こしかけ》茶屋に通うのにちょいと立ち寄れる範囲だ。囲われ女になれば人知れず住まうものだが、これでは以前の仕事仲間にも大っぴらすぎる。富三郎にしては気軽に通える範囲にしたつもりだろうが、鳴海屋の奉公人にもすぐ分かるだろうし、舞たち以前のお仲間もときおりおエンと会うことがあり、その後のようすは聞いていた。

去年の極月になってからすぐのことだったらしい。まだ朝の早い時分だった。おエンが田町八丁目にふらりと姿を見せた。

「——あら、おエンちゃん。どうしたの？　こんなに早く」

「——まさか、泉岳寺門前へ？　旦那となにかあったの!?」

両脇から声がかかる。訊きたくなるような表情だったのだ。すでに街道の一日は始まり、江戸を出る旅人姿に見送り人、荷馬や大八車が行き交っている。

「——えゝ、ちょっと」

おエンは応《こた》え、うなだれた表情で足をとめたのは、舞のいる店だった。たまたまそこの縁台が空いていたからではない。

「——おう、どうした。おエンではないか」

店にいた日向寅治郎《ひゅうがとらじろう》が声をかけたからだった。あるいは、おエンは最初から寅治郎のいる店に行こうとしていたのかもしれない。この街道筋の茶屋が寄り合って雇っている、街道の用心棒なのだ。縁台に座る客には馬子や駕籠舁き人足らに加え、酔っ払いもけっこういる。寅治郎が両脇のいずれかの縁台に腰を据えるようになってから、茶汲み女に悪ふざけをする者はいなくなった。腰に両刀を差していても、それを抜くことはめったにない。相手が武士であろうと、ふところにいつも忍ばせている鉄扇《てっせん》で不逞《ふてい》な対手《あいて》を押さえこんでしまうのだ。

——鉄扇の旦那
が、界隈での寅治郎の通り名になっており、その存在は茶屋のならぶ田町七丁目から九丁目にかけてだけではなく、北は札ノ辻の付近から南は泉岳寺門前あたりにまで知られている。それだけで街道一帯は日々の平穏が保たれているのだ。かといって寅治郎が手を抜くことはない。朝から夕刻まで毎日、いずれかの縁台に腰を据え、時を惜しむように街道を凝《じ》っと見つめているのである。実直さと気さくな人柄も相俟《あいま》って、茶屋のあるじや茶汲み女たちから得ている信頼には絶大なものがある。おエンもかつて、酔っ払いの客にからまれ寅治郎に助けられたことがあるのだ。

「――ま、座っていけよ」

言う寅治郎に、おエンは遠慮気味に腰を下ろした。つい事情を訊きたくなるような表情だった。寅治郎は訊き、おエンは話した。お茶を出した舞もそのまま、

「――どうしたの、おエンちゃん」

と、一緒に聞いている。

武州大井宿の実家から平仮名ばかりの便りがあり、老いた母親が寝込んでしまい先がなさそうなので、早く江戸を切り上げ里に戻って来いとの内容だった。時期的にちょうどよかった。富三郎がおエンに約束した年季はその月の末で明けることになっていたのだ。正月からは自由の身になれる。

「――さっそく、富三郎旦那に話したのです」

おエンは話す。だが富三郎は承知せず、

「――なにを言う。俺とおまえの間柄で年季などあるものか。せっかくおまえのた

めに店まで用意したのだぞ。そのうち、このお江戸でしかるべきところに片付かせてやるから。さあ、おエン、今宵も」

と、一方的に振る舞うのだった。おエンは放してくれるよう何度も頼んだ。しかし富三郎はおエンを手放そうとはせず、

「――だったら、おまえがこの店を買い取り、すべてを清算しろ。この店を支えるため、おまえのわたしへの借財は毎月増えていっているのだぞ」

などと凄みさえ利かせる始末だった。そのようなことがあるとは、

「――あたし、まったく知らなかった」

おエンは涙ぐんだ。年の瀬の音を聞く毎日に悩みを募らせ、誰かに話を聞いてもらいたく、おエンはむかし馴染んだ田町にふらふらと足を運んだのだった。しかし話を聞かされても、鉄扇や刀で片《かた》のつけられる話ではない。相手は巧妙な手をつかう商人である。

「――おまえも苦労するのう」

寅治郎は言う以外なかった。出る幕はないのだ。

「――だったら、おエンちゃん。夜逃げでもなんでもすりゃあいいじゃないの。あたしなら、とっくにそうしてる」

サラリと言ったのは舞だった。

「――でも、あたしの知らぬ間に借財が」

その言葉に、おエンは肩を落とすばかりだった。

「――だから、妾奉公《めかけ》なんて嫌なのよ」

「――そうよ。店も持たせてやろう、月々の手当も出そうなんて、うまい話に乗るからよ」

話を聞いたかつての仲間たちは言った。

そこへ発生したのが、鳴海屋に連続して発生した小火騒ぎだったのだ。

泉岳寺門前の座敷茶屋の奥で、鳴海屋の新造は志江の話を聞きながら肩を震わせていた。

「その、おエンという娘さん。まだ三田三丁目に？」

「詳しくは知りませんが、たぶん」

鳴海屋の新造が返したのへ志江はさらに、

「そのおエンさんとかいう娘さんの気持ち、分かるような気がします。ともかく小火で消しとめたのはさいわいでしたね」

「は、はい」

新造の返事は短く、

「おエンさんとやらに、ただ、申しわけなく……」

つけ加えた。おエンは内気で、追いつめられた感覚に陥《おちい》っていたのだろう。

――旦那の家を焼き払ってしまったなら、あたしは解放される
それ以外、おエンには見えなくなっていたのかもしれない。

「ご新造さん」

志江はあらためて鳴海屋の新造に視線を据えた。

「あたしのような、一度お取引していただいただけの者が言うのはおこがましいのですが」

「いえ、大和屋さん。おっしゃってください」

鳴海屋の新造は期待をこめた視線を志江に返した。

「三度目を防げるのは、あなたさまだけです。そう、あたくしは思います」

志江は鳴海屋の新造を見つめる視線に力を込めた。

「はい」

新造は受けた。不寝番や夜まわりを強化することではない。

隣の家族連れはもう帰ったのか、襖《ふすま》の向こうからは女ばかりの賑やかな声が聞こ

えていた。いつの間に入れ替わったのか、二人はまったく気がつかなかった。

思わぬ時間というよりも、予期せぬ収穫があったことで、志江がふたたび田町八丁目の舞がいる腰掛茶屋の前を通ったのは、もう午時《ひる》分をまわっていた。

「おうおう、志江さん。首尾はいかがでしたかな」

寅治郎が往還に面した縁台に座っていた。奥から舞も出てきて、

「ねえ、ねえ、お姉さん。どうだった？」

ようすを聞きたがった。だが志江は、

「うちの人がおなか空かして待っていますので。きょう帰り、うちに寄ってくださいな」

「うん、行く行く」

舞が即座に応じ、

「ね、一緒に」

言ったのへ、寅治郎は頷きを返していた。

頷いたのもそのはずで、寅治郎は芝二丁目で舞とおなじ裏店の一部屋を塒《ねぐら》にしているのだ。だから日の出のころに舞が芝三丁目の大和屋の前を通って田町へ向かっ

たあと、しばらくしてから寅治郎もおなじ道筋を通って街道へ出る。帰りもまたおなじで、舞が家路を急いだあと、日の入りのころにいずれかで腹ごしらえをしてから大和屋の前を通って帰っている。大工で兄の留吉もまじえ、舞と寅治郎が仕事帰りに大和屋の居間でくつろぐことは珍しくないのだ。だがきょうは、くつろぐというよりも格好の話題がすでに決まっているのだ。

志江が芝三丁目に戻ると箕之助が、

「遅いということは、収穫があったようだなあ」

と、腹を空かして待っていた。簡単な昼めしを居間の卓袱台《ちゃぶだい》をはさんで摂《と》りながら言う志江の話に、箕之助は一つ一つ頷きを入れ、

「うーん。そのおエンさんとか、浅はかな行為と言うほかはないが、原因はやはり鳴海屋の旦那ということになるなあ。うまく収めないと、三度目があるぞ。おエンが重罪人になるのを防がねば。それに鳴海屋さん、うちの大振りなお得意さんになりそうなんだから」

深刻な顔で言い、

「そのご新造さんがどんな手を打ってくれるか。しかしそこからさきは、心配だが先方の奥向きのことだ。ともかく午後の仕事に出かけなくては」

箕之助は腰を上げた。商人にとって日ごろの得意先への年礼は欠かせない。志江は午後、何人もの扇買いが持ちこむ扇箱の買い取りに、また急いで買い求めに来るお客のために店を開けておかねばならない。これが献残屋の正月であり、仕事始めなのだ。

三

「へっへっへ。この匂い、たまんねえぜ」

大工の留吉はさっきからそわそわしている。陽のあるうちに帰った舞のあと、寅治郎が大和屋の玄関に訪《おとな》いを入れたのは、すっかり暗くなってからであった。

「お屠蘇《とそ》気分の往来人にのう、用心していたらつい遅くなってしまった」

玄関の板の間まで手燭《てしょく》を持って出た箕之助に言い、居間に座ってからも、

「こちらへ帰る途中にもなあ、おエンが泉岳寺のほうへ向かっておらぬかと気を配ったのだが」

言葉をつづけた。志江と舞が台所で熱燗《あつかん》と湯豆腐の準備をしている。

「で、どうでした」

「見かけなかった。泉岳寺門前じゃ、寝ずの番をつづけていようからなあ」

志江が声をかけたのへ寅治郎は応じた。付け火とあっては、やはり気にしないわけにはいかない。

「あたしも、帰りに三田三丁目をちょいとのぞいてこようかと思ったのだけど。アチチチ」

舞が大きな声を上げた。熱燗が出来上がったようだ。台所から出てきた志江が湯豆腐を、

「お待たせ」

炬燵にした卓袱台の上にならべ、舞も盆に載せた徳利を持ってきた。部屋の中は行灯《あんどん》だけのかすかな明かりである。

「へへ、これだこれ。これがなくっちゃ話も始まらねえ」

「もう、兄《あに》さんたら」

さっそく留吉が手を出し舞が留吉に文句をつけるのは、大和屋の居間ではいつものことである。

「それよりも、きょう泉岳寺門前の鳴海屋さんに行ってきた件なんですけどねえ」

志江は切り出した。

「それだ。聞かせてもらおう」

寅治郎は湯呑みを持った手をとめた。留吉も舞もまだ聞いていない。一様に聞く姿勢に入った。志江が鳴海屋の新造とじっくり話したことに一同は驚き、話の進むなかに、

「うーむ。三度目を防ぐには町衆の見まわりも必要だろうが、原因を思えば、鳴海屋の新造が亭主の富三郎をどう説得し、どのようにおエンへの手当てをするかにかかっているのう」

「もう、許せない！　鳴海屋の旦那はっ」

寅治郎が得心したように言い、舞はいっそう憤慨を顕《あらわ》にした。もちろん新造が乗り出せば、鳴海屋の夫婦間で一悶着起きることは目に見えている。あるいは、もう起きているかもしれない。すでに煙は立ったが、火の気を収めるにはあとまだ一幕も二幕も経なければならないようだ。

「おエンのことを思えば、鳴海屋の所在が泉岳寺門前だというのは、まったくの幸いだったというほかはないのう」

寅治郎がゆっくり言ったのへ、箕之助も志江も大きく肯《うなず》いた。

泉岳寺門前に二度も連続して付け火と思われる小火騒ぎのあったことは、もう近

辺の町々にも広まっているはずである。街道の茶屋ではその火付け犯の名が確信をもって語られてもいる。町の岡っ引が聞き込んでいないはずはない。本来ならおエンはとっくに大番屋へ引かれ、吟味の場に引き出されていてもおかしくはない。その結果は小火とはいえ、死罪か火焙りである。火付けに対する厳しい刑罰は、理由の如何を問わず庶民も納得している。当然であろう。人々にとって火事ほど恐ろしいものはなく、焼け出されればどんな商人でも無一文とならざるを得ないのだ。奉行所でも、火付けにはことさら敏感なのだ。だが、泉岳寺門前に岡っ引や同心が内偵に入ったようすもなければ、三田三丁目に捕方が踏みこんだようすもない。それは、小火の現場が泉岳寺門前だったからである。

病気になれば医者よりも加持祈禱《かじきとう》に頼る人のほうが多い時代である。当然、神社やお寺には相応の権威があった。いずれも境内は聖域であり、町方の不浄役人が入ることはできない。しかも門前地は町家であっても寺社についている地面ということで、寺社奉行支配になっていた。同心や岡っ引が参詣《さんけい》のために踏み入っても探索はできない。まして隠密同心などが町人に化けて入ろうものなら、町奉行と寺社奉行が江戸城中で大口論し、犯罪人の捕縛よりもそのほうが問題となりかねない。かといって、寺社奉行の組織に町奉行所のような常時見廻りの探索方がそろっているわけではない。事件があればそのつど組織するのである。機動性はない。

おエンの妾宅が三田三丁目で町奉行所の支配とはいえ、付け火をした現場は寺社奉行の支配地である。下手に手を出せば、あとでどんな問題が出来《しゅったい》するか知れたものではない。噂は聞いても町奉行所は躊躇《ちゅうちょ》し、泉岳寺門前の住人は自警団をくり出しているという危《あや》うい狭間《はざま》に、おエンはいま息を潜めているのである。

志江もすこし熱燗の湯呑みを口にした。

「そのおエンさん、在所へ帰りたい一心から、ますます追いつめられた思いになっているんじゃないかしら。三度目が起こらないうちに、鳴海屋のご新造さんが早くなんとかしてくれればいいのですけど……」

志江の口調は湿りがちであった。湯豆腐に箸をつけていた留吉が、

「そういやあ舞よ。おめえさっき、三田三丁目をちょいとのぞいてなんて言わなかったか」

不意に言ったのへ舞は、

「そりゃあ言ったわよ。札ノ辻のところでちょいと足をとめたけど……」

「けど？　結局なにかい、行かなかったのだろう。友だち甲斐《がい》がないなあ、以前はおめえたちのお仲間だろ」

「ンもー、そんな問題じゃないでしょ。あたしだって気にしてるんだから」

留吉がからかうように言ったのへ、舞は容のいい鼻を真剣に膨らませた。

「そうよ、留吉さん。いくら舞ちゃんでも、事情を考えれば。もちろん、あたしだって」

志江が舞を擁護するように言い、箕之助は頷いていた。なにしろ事は付け火なのだ。事情はどうあれ、その犯人の住まいを訪れたとあっては、あとでどのような災難が降りかかってくるかもしれない。鳴海屋の新造の打つ手が遅れれば、三度目の発生する可能性はきわめて高いのだ。

「だったら留さん、おまえさんどうなんだね。舞ちゃんをなじるからには」

「へへへ、そこなんでさあ。ちょいとのぞいてきましたぜ」

箕之助が言ったのへ留吉は胸を張った。大工の腹掛《はらがけ》に印半纏《しるしばんてん》を着こんでいる。きょうからすでに仕事が始まっているのだ。

「えええ、兄さん！　どうしてまた、そんなことを」

「留さん、まさかおエンとかに付け火を問い質《ただ》したのでは⁉」

やりかねない。舞が驚きの声を上げたのへ箕之助はつないだ。もしそうだとすれば、犯人が確実に死罪となる重大事件に、留吉はみずから関わりをつくってしまったことになる。志江も寅治郎も、ほの明かりのなかで留吉に視線をそそいだ。

「そう驚きなさんな」

留吉は湯呑みを干し、

「今年の初仕事は三田二丁目の、ほれ、脇街道の通りに面して大振りの饅頭屋《まんじゅうや》があるだろう。あの店構えの裏が職人さんらの仕事場で、その奥に離れの間を増築するのでね。きょう棟梁《とうりょう》と一緒に検分して見取り図を見ながら仕事の段取りをつけてきたのでさあ」

その帰りに三丁目の脇道へ入って、おエンの蠟燭屋をのぞいてきたらしい。

「といっても、前を通っただけでやすがね」

座に安堵の空気がながれた。

「舞が言ってた噂は仲間の大工たちには話しちゃいねえ。関わりになりたくありやせんからねえ。でもね、あの小ぢんまりした一軒家。気のせいかどうか、なにやら張りつめているような、そんな風に感じましたぜ」

「だったら兄さん。ついでにちょいと顔を出して、ほんとにそうかどうかおエンちゃんのようすを見てきてくれればよかったのに」

安心したのか、舞はつい言った。

「なにを！　おめえ、さっきなんて言いやがった」

「まあ、まあ。舞ちゃんもできたらそうしたいんだろう。それよりも留さん、これからしばらくは三田二丁目かね」

「あゝ、当面はね」

箕之助が訊いたのへ留吉は応《こた》え、

「へへ、近辺でおエンの噂を集めてくれってんでがしょ。分かってまさあ。ま、深入りはしねえから安心してくだせえ」

箕之助のさきを読むようにつづけた。留吉が新しい普請場に入ったとき箕之助がいつも訊くのは、普請の終了である柿落《こけらお》としの予定日である。商家でも武家でもこのときには新築や増築にかかわらず、祝いの品や返礼の品が動く。献残屋の出番である。留吉から予定を聞き、事前に挨拶うかがいに顔を出す。いつも時宜《じぎ》を得た売り込みの効果は大きいのだ。だがいまは、箕之助の脳裡は商いよりも三度目の付け火をいかに防ぐかに占められている。もちろん鳴海屋のためでもある。だからといって、踏み入るには危険すぎるのだ。

「そうですよ、留さん」

志江が念を押すように言い、

「さっきも言ったように、鳴海屋のご新造さんが内側からなんとかしてくださるとは思うのですが」

「ともかくだ、あの近辺の町家はむろんだが、生前どのお家より大名火消しの任にご熱心だった浅野内匠頭《あさのたくみのかみ》さまの菩提を弔《とむら》う泉岳寺が、火事で焼けたとあってはサマにならんからのう」

寅治郎が締めくくるように言った。正月の二日から、今宵見る夢が初夢というのに大和屋での座は、おエンへの同情と踏み入ることへの躊躇と、それに火災への緊迫感が織り交ざったものになってしまった。

四

町家で正月の三日といえば、もう通常の日と変わりがない。箕之助は店番を志江に任せ、きのうの午後に引きつづき朝から得意先への年礼に出かけた。献残屋にとっての年礼とは、即商いである。どのお店《たな》に行っても、奥の部屋に積まれた礼物の買い取り交渉がその場で始まるのだ。直接の品ばかりか、檜台《ひのきだい》や折櫃《おりびつ》、酒の角樽《つのだる》も何度でも循環できる重要な商品なのだ。

それらの交渉に三日、四日と忙殺され、ようやく箕之助の足が蓬莱屋へ向いたのは、正月の商いに一段落がついた五日になってからであった。年礼といえば本家へまっさきに行かねばならないのだが、蓬莱屋でもこの期間はあるじの仁兵衛から丁稚にいたるまで、目のまわるほどの忙しさなのだ。

箕之助が玄関を出たのは、舞がいつものように竹箒でおもてを掃く志江と朝の挨拶をかわし、あとを追うように寅治郎が留吉と一緒に街道のほうへ向かってからだった。街道に出るまでは留吉も道順がおなじなのだ。朝から曇が厚く北西の風も出て、きのうまでの新春の陽気が厳冬に逆戻りしたような日であった。二人ともふところに手を入れ、白い息を吐いている。

大和屋の玄関口に顔を入れた寅治郎が、

「——風が気になる。雨でも降ってくれたほうが、気が休まるのだがなあ」

言い、

「——ま、おエンがいる三田三丁目のほうは朝夕に通っておりやすが、きょうはとくに気をつけておきやすよ」

印半纏の留吉も大和屋の玄関口に白い息を入れていた。

きのうまで箕之助が街道筋をまわったところでは、年末に泉岳寺門前で小火騒ぎがあり、町ではいまなお徹夜の夜まわりで厳戒を敷いているとの噂は出まわっているが、そこに鳴海屋の名が出てもおエンの名が出ることはなかった。当然鳴海屋は口を閉ざしており、舞たち街道の者も、仲間内ではその名を舌頭に乗せても、おおっぴらには洩らしていないようだ。もちろん留吉も大工仲間に、普請場の近くの蠟燭屋の女が鳴海屋の囲い者だなどとは話していない。朝夕にそれとなく気を配っているだけなのだ。話したあともし三度目があり、それがあたりを焼き尽くし大事となったなら、

――知っていてお上に黙っていたとは何事か

と、縄目を受けぬとも限らない。その累《るい》は、舞はもちろん大和屋にまで及ぶかもしれないのだ。

「ほんに雨が降ってくれればいいのですけどねえ」

往還まで見送りに出た志江は、低くたれこめた雲を見上げ、

「ともかく、早く帰ってきてくださいねえ」

一緒に空へ視線を向けた箕之助に言った。

「ともかく、早めに帰ってくるよ」

箕之助は雨を待つように手のひらをかざし、街道のほうへ向かった。

蓬萊屋は田町四丁目の札ノ辻から脇街道に入り、三田三丁目から一丁目への町並みを抜け、古川《ふるかわ》にかかる赤羽橋《あかばねばし》を渡ったところにある。外濠《そとぼり》の虎之御門へ向かう往還とはいえ、そこは増上寺《ぞうじょうじ》の裏手で林と武家屋敷がならび、人通りも少なく静かなところだが、大名家や高禄旗本を相手とする大振りの献残屋としてはかえって好ましい立地だ。川のせせらぎと林のざわめき、朝夕には増上寺から寺僧たちの読経《どきょう》の響きが伝わってくる。そこで箕之助は、在所の川越を捨て江戸で無宿の浮浪児をしていた十代の半《なか》ば、仁兵衛に拾われ丁稚からの叩き上げで番頭まで務め、芝や三田に広がる町家を商域として芝三丁目に暖簾分けを許されたのだ。

大和屋からなら赤羽橋へは、札ノ辻を迂回しなくても芝三丁目で街道を横切って向かいの町家に入り、その西側一帯を占める武家地を抜けたほうが近道なのだが、箕之助は街道に出ると寅治郎や留吉のあとを追うように歩を進めた。脇街道に出て三田三丁目を通ってみようと思ったのだ。もちろんそこからさらに枝道に入り、おエンのいる妾宅を見ておこうとの算段もあった。一帯は大和屋が範囲とする商域で、もとより箕之助は地理に詳しくその小振りな蠟燭屋の前も幾度か通っているが、

（こんなところに蠟燭屋が）

と思った程度で、さほど意識はしていなかったのだ。

それは脇街道から枝道に入った一角にあり、すぐ近くには一階が小商いの商家になっている表店《おもてだな》といわれる二階建て長屋もあり、路地を入った裏手には住むだけの平屋の裏店《うらだな》がならび、小さな蠟燭屋としてはさほど悪い立地ではない。

（ふむ。ここか）

意識し、枝道をゆっくりと歩いた。蠟燭の形をした小さな木の看板を出しているが、店場に人は出ていないようだ。声をかければ奥から姿を見せるのであろうが、なるほど留吉が言ったように、逼塞《ひっそく》しているように感じられる。それにしても、女を囲い本人の知らぬ間に借金で縛りつけるなど、

（陰険なやり口）

ため息をつき、通り過ぎた。箕之助はまだ富三郎と面識はないが、

「――いやらしい目つきなの。あんな人に……、おエンちゃんよほどお金に困っていたのかしら」

舞は言っていた。どのような人物かは、およそ察しがつく。

（だがなんとか事無きを得て、うちのいいお得意さんになってもらえないものか）

複雑に思いながら、ふたたび脇街道へ出て赤羽橋に向かった。札ノ辻の分岐点から赤羽橋まで十六丁（およそ一・六粁《キロ》）ほどある。本街道の東海道にくらべ、通行

人はもちろん行き交う荷馬も大八車も少なく、前から来る町駕籠を避けながら背後の荷馬の列にも気を配らなければならないというようなことはない。だが風のせいで土ぼこりが舞い上がっている。防寒とほこり除けに手拭《てぬぐ》いで頬被《ほおかぶ》りをし、

(こりゃあやっぱり一湿《ひとしめ》り欲しいわい)

思いつつ寒いのを堪《こら》えるようにふところへ手を入れ急いだ。

赤羽橋を渡った。蓬莱屋ではあるじの仁兵衛をはじめほとんどの奉公人が店にいた。このような日に献残品の引き取りに出かけ、風だけならまだしも雨に降られたら貴重な品を濡らしてしまうことになる。干物《ひもの》など水分が厳禁なことはいうまでもない。

「あ、番頭さん、じゃない、箕之助旦那。さ、中へ。熱いお茶でも早く。大旦那もいまなら奥に」

と、すぐ裏手の部屋へ通された。店の者は箕之助を見るとつい昔の呼び方が出てしまう。仁兵衛を〝大旦那〟と呼ぶのは、その器《うつわ》もさりながら新たに暖簾《のれん》を構えた箕之助と区別をつけるためでもある。

箕之助が来たことを聞くと、仁兵衛は相好を崩した。いつもの裏庭に面した部屋である。早朝か夕刻なら増上寺の樹林越しに読経の響きが伝わってくるのだが、い

まは障子戸を閉めていても樹々のざわめきだけが聞こえてくる。

「さあ、堅苦しい挨拶は抜きにして、初商いはどうだった」

と、部屋に正座する箕之助に足を崩すよう手で示し、正月早々の商いが順調だったことを聞き、さらに顔をほころばせた。小太りで温厚そうな丸顔をしており、奥まった小さな双眸《め》を細めれば、閉じているのか開いているのか分からないほどとなる。だが、ときおりその双眸が鋭く光ることがある。

「まあ、箕之助さん。こんな風の中を」

と、年増の女中がまるで自分への来客のように熱いお茶を運んできた。蓬萊屋にはそれが自然の雰囲気がある。仁兵衛の人柄であり、箕之助はそれを受け継いでいる。留吉や舞、それに寅治郎までが大和屋の居間でいつもくつろいでいるのはそのせいでもある。

　女中が退散したあと、

「ところで箕之助や」

と、仁兵衛の目がキラリと光った。そのつぎに出る言葉は分かっている。箕之助も、年礼よりもそれの途中報告に来たのだ。年末に大和屋が泉岳寺門前の鳴海屋へまとまった量の葛粉と片栗粉を納めたとき、足りなかった量ばかりか手代の嘉吉《かきち》まで荷運びにつけたのだ。当然、小火騒ぎの原因が鳴海屋の側にあるらしいことも耳に入っていよう。風があって雨まで降るかもしれない日に箕之助がわざわざ来るなど、そうした大罪の臭いがするところへ踏み入ろうとしているためであることは、仁兵衛なら察しがつく。いつも口癖のように、

『踏み入ってはなりませんよ』

言っていたのは、仁兵衛自身がこれまで何度も踏み入り、場合によっては流血の修羅場まで切り抜けてきたからにほかならない。その面をも、箕之助は仁兵衛から受け継いでいるのである。

「はい。さきほど三田三丁目をのぞいてきまして」

箕之助は話しだした。

「近くだな」

低く頷くように仁兵衛は返し、窪《くぼ》んだ双眸で箕之助を見つめた。

箕之助は頷きを返した。

仁兵衛は言った。

「そのおエンとかいう娘の身が立つようにするのが、一番の解決のようだねえ」

箕之助は頷いた。

『踏み入らざるを得なかったときはね、最後まで……そう、途中で身を引いてはなりませんよ』

仁兵衛は言っていたのだ。

手代の嘉吉を呼んだ。

「これからも大和屋と鳴海屋さんの取引で必要なときは、おまえが助《す》けてやりなさい」

「はい。年末に葛粉と片栗粉を運んだときから、そうなると思っていました」

仁兵衛が命じたのへ、嘉吉はハキハキとした口調で応じた。機転が利き、箕之助が蓬萊屋の番頭であったとき、箕之助付きの丁稚だったのだ。この正月で二十歳《はたち》になったばかりである。

「これを、念のためです」

帰るとき嘉吉は笠を出してきて、

「雨降って地固まればいいですのにねえ」

微笑《ほほえ》んだ。いま箕之助が外に出た蓬萊屋で、仁兵衛の性質というか薫陶《くんとう》を最も受け継ごうとしているのは、この嘉吉かもしれない。

「そうなるのを願っているよ」

箕之助もニコリと返し、すぐ真剣な表情になった。

まだ風が吹いている。笠を小脇に抱えていると、かえって邪魔になりそうだ。だが、近道の武家地を経て街道に出たところ、風は弱まっていたものの雨がパラつきはじめた。

「ほう、嘉吉はこれを見越したか」

呟《つぶや》き、笠を頭に載せて紐をきつく結び、着物の裾《すそ》を尻端折《しりはしより》にした。

芝三丁目に戻ったのは、午《ひる》をいくぶんまわった時分になっていた。

「まあ寒かったでしょう」

と、志江はすでに足洗いの桶を玄関に出し、湯まで用意していた。

湯気の立つ中にかじかんだ足や手を入れて人心地つけ、ほこりを払って居間で炬燵に入ればさらに生き返った思いがする。

さいわい雨は本降りにならず、小雨が地面を湿らせる程度に降ったりやんだりで風も徐々に弱まり、夕刻近くには雲はまだ出ていたものの雨は上がり風も凪《や》み、外は昼間よりかえって明るくなった感じがした。

珍しく暗くなる前に寅治郎が舞と一緒に帰ってきた。

「きょうはこのみょうな天気で人通りも少なくってな。俺も早仕舞いだ」

白い息を吐きながら、志江が用意した水桶の湯に足を浸けると、

「ほら、お姉さん。これ」

三和土《たたき》に立った舞が油紙に包んだ焼き魚を見せた。街道の茶屋では団子など簡単な食事も出している。昼用にせっかく焼いたのが、いくらか余ったようだ。舞が手伝っている茶屋の老夫婦は元漁師の隠居で、海の幸には事欠かない。舟で網を張る仕事を退いてから街道に権利を買って店を出したらしく、田町の茶屋にはそうした経営者がけっこう多い。

「まあまあ。それじゃ留吉さんが帰ってくるまで待ちましょう」

志江はさっそく台所で皿の用意にかかった。留吉は芝三丁目へ寄らずに帰っても長屋に舞も寅治郎もいなければ、こちらだろうと必ず大和屋へ顔を出すのだ。

待つあいだも、話題がその後の鳴海屋の動向となるのは自然だった。

「あのご新造さん、うまく旦那さまを説得しておエンさんになんとか手当てをしてあげれば、すべては丸く収まるのにねえ」

志江が言えば、

「あの旦那さん、そんなにもの分かりがいいとは思えないけど……」

舞は心配顔になり、

「おエンの付け火が、どこまで富三郎に堪《こた》えているかだなあ」

と、寅治郎は言う。

話はそこまでであった。言っても推測か希望的な観測に過ぎず、なにぶん奥向きのことは外からは分からないのだ。

「あら、もうこんなに暗くなって」

志江が話を中断するように行灯《あんどん》に火を入れた。雨はもうまったく上がり、風の音も消えている。昼間の雨は一帯にうまく湿り気をもたらし、風が雨雲をいずれかへ運び去ったのだろう。この分ではあしたは朝から太陽が出て、また新春が戻ってきそうだ。

玄関口にまだ留吉の声が入らない。

「きょうのみょうな天気で仕事の段取りが狂い、遅くなっているのでは」

箕之助は言ったが、それにしても遅い。

「さきに始めましょう。もう待つことなんかない」

舞が言い、芝にも三田の異変が伝わってきたのは、温めなおした焼き魚で夕飯を終えたときだった。三田二丁目の普請現場で、昼間の強い風と降ったり熄《や》んだりの小雨に仕事の段取りが狂ったのは事実だった。

五

「あーぁ、すっかり狂っちまったい」

と、留吉が仲間の大工とともに手斧《ちような》を持つ手をとめたのは、あたりがもう薄暗くなってからであった。手斧とは先が湾曲した三尺（およそ一米）余の木の柄の先端に鍬形《くわがた》の刃物を取り付けた、材木を平らに削る道具で、道具箱を担がなくともこれを肩に引っかけていると一目で大工と分かる。

「きょうはみょうな天気だったのに、よく予定どおり進めてくれた」

と、棟梁から酒手が出て施工主の饅頭屋もいくらか包んでくれたので、

「寒さ除けだ。体の芯からあったまろうぜ」

「おう、それがいい」

留吉たちは連れ立って札ノ辻近くの屋台に出かけようとした。

「まだお屠蘇気分の酔っ払いがいるかもしれねえ。念のためだ。手斧を引っかけて行こうぜ」

仲間の一人が言い、留吉たちは手斧を半纏の肩にかけた。場合によっては武器に

もなる。

「おめえたちが与太にふっかけるんじゃねえぞ」

棟梁が背後から叱るように言っていた。

「へへ、心配《しんぺえ》しねえでくだせえ」

また一人が言う。十代の若い下職《したじょく》も含め五人だった。もうあたりはすっかり暗くなっている。迅速な行動ができる、紐つき足袋《たび》の甲懸《こうがけ》を結んだままだったが、道のぬかるんでいないのはさいわいだった。

本街道ならともかく、陽が落ちれば脇街道は人通りが絶え、月明かりがなければ漆黒の闇となる。明かりは下職が持つ饅頭屋の提燈一つである。甲懸は地面の感触が直《じか》に足へ伝わってくるので石につまずいたり踏みはずしたりすることがなく、ぬかるんでさえいなければ闇のなかでも歩きやすい。

三田二丁目から三丁目に入った。留吉はところどころに暗い口を開けている脇道に気を配った。おエンのいる蠟燭屋への脇道の前にさしかかった。

「ん？」

感じた。かすかだが目にもチラと映った。

「おう。留よ、どうしたい。いきなり立ちどまってよ」

「あれを」

留吉は脇道に沈む闇を手で示した。煙の臭いだ。ふたたびボワと明るいものが見えた。さっきよりも大きくなっている。留吉を含め五人は同時に気がついた。

「火事だ！」

「それ！」

一斉に手斧を手に走った。

「おおぉっ」

留吉は声を上げた。蠟燭屋だった。雨戸が一枚開いており、そこから炎が見えたのだ。

「どういうことだ！」

手斧を振りかざし留吉がまっさきに飛びこんだ。

「つづけ！」

「うおっ」

他の大工たちも両脇の雨戸を蹴破り、

「消せるぞ！　天水桶だっ」

襖《ふすま》と障子が燃えている。天井にはまだ燃え移っていない。留吉たち大工三人が手斧を燃えている襖や障子に打ちこみ引き倒す。下職二人がおもての天水桶の置き場に走る。中では消せる物は半纏を叩きつけ、手のつけられない物は燃えているまま玄関に引き出し、近所の者が、

「なんだ！　なんだ！」

「どうしたっ」

おもてに飛び出しようやく騒ぎになった。だがあまりにも眼前のことに住人たちは動顚し、数はいてもまとまりがない。足には甲懸、手には手斧を持った大工たちの機動力が物を言った。

「どいた！　どいたっ」

下職二人が天水桶を両手に駈け戻ってきた。

「こっちだ！　こっちにかけろ！」

「はいっ」

中からの声に下職は桶を手に飛びこみ水をかける。ようやく近所の男たちは、

「行くぞっ」

「おおぉっ」

玄関に殺到し、ある者は、

「向こうにも天水桶はあるぞ！」

走り出した。半鐘が鳴った。

大和屋の居間で異変を感じたのはこれだった。

「おっ」

「どこだ！」

外に飛び出した。空は暗く、炎もそれに映し出される煙も見えない。近所の者も出てきて、

「どこだ、どこだ」

「三田のほうよ、あの半鐘」

「いや、札ノ辻のほうだぜ」

しきりに背伸びをしている。

「ちょっと見てきます」

箕之助は街道のほうへ走った。

三田三丁目では、

「畳だ！　畳も出せ！」

蠟燭はもちろん焦げた衣類や枕屏風《まくらびょうぶ》、それに蒲団《ふとん》や衣装箱などが留吉たち三人

の大工の差配でおもてへ放り出され、

「こっちもだ」

下職が声をかけ町内の男たちが運んで来た天水桶の水をつぎつぎとかける。

「念のためだ」

大工たちは天井板を破り、肩車をして首を入れる。近所の者が、

「これを」

提燈を持ってきた。留吉たちは部屋を照らし板壁を調べ、さらに床下にまでもぐりこむ。大工ならお手のものである。

半鐘は鳴りやんだ。近所の女たちは自分たちの家財を外へ運び出すまでもなく、ホッとため息をついている。

「蠟燭屋だぜ、これは」

「ならば、おエンさんだ。どこへ行った」

「さっき、町役《ちょうやく》さんが自身番へ」

暗い往還に立つ人の影の中から声が聞かれる。

留吉たちが駈けつけたとき、おエンは路地の隅に呆然と立っていた。騒ぎのなかでそれに気づいた近所の者が町役に知らせ、不審に思って近くの自身番に引いて行

ったのだ。おエンは素直に従ったらしい。

町内の者が何人か、残り火はないか番をするため蠟燭屋の屋内に残り、野次馬の群れは三田の自身番の前に移動した。半鐘はもう鳴りやんでいる。

「いったいなんなのよ。泉岳寺門前のは外の板塀だったたって聞いてるけど」

「ともかくよ、小火でよかったぜ」

「それにしてもさ、まっさきにかけつけくれたあの人たちは？　もう恩に着るう」

「手斧を持っていたから大工だぜ。それも何人か一緒でよう」

「ならば、いま普請中の饅頭屋さんとこの」

灯りの点いた自身番の前で、口々に言っている。八代将軍吉宗の命によって江戸市中にイロハの町火消しが組織されはじめたのは、これより十数年後の享保《きょうほ》年間のことであり、元禄の時代に機動力を持った組織は武家を対象とした大名火消しだけだった。町方にも火消しはあったがまだ脆弱《ぜいじゃく》で、だからいっそう五人の大工やその見習いたちが一丸となって小火で消しとめたことは、住人にとってありがたく感謝してもしきれないのだ。

（留さん！）

思いながら、

「ごめん、ごめんなさんして。で、この中にはいま誰が？」

箕之助の声だ。人の流れを追って走り、三田三丁目に着いたばかりである。

「蠟燭屋のおエンさんがよ」

「えっ」

返ってきた声に箕之助は思わず声を上げた。いずれの町の自身番も、奥に不審な者を一時拘束する板敷きの小さな部屋を備えている。町内の大店《おおだな》のあるじや地主たちが町役を務め、輪番で常に当人か手の者たちが数人詰めて管理している。町奉行所の支配で町々の自治が行われているのだ。事件があればそこから町奉行所に通報され、役人が駈けつけることになる。

おエンはまだ縄まではかけられていないものの、板敷きの間でいま町役たちに事情を訊かれているのだろう。岡っ引もすでに来ているらしい。

おエンは町役がその身柄を押さえたときから、

「あたしが、あたしが火を……」

口走っていたらしいのだ。

「おめえ、とうとうこっちでもやりやがったな。待ってたぜ。泉岳寺門前じゃ悔しいが手も足も出ねえ。向こうの噂を聞いて、ずっとおめえに目をつけていたのよ」

岡っ引は言っているのことだろう。

箕之助はおエンの心境を察した。二度の付け火のあとも、おエンは泉岳寺門前を窺《うかが》ったことであろう。だが鳴海屋には不寝番が立ち、町内は朝まで自警団が巡回している。三度目どころか、近寄ることすらできなかった。

（あたしの住むところがなくなれば、富三郎旦那はきっと）

在所に帰りたいという一心から、おエンは考えたのであろう。

その浅はかさに箕之助は腹が立つよりも、足が震えてきた。大事に至らなくとも付け火は死罪である。

箕之助は自身番の前を離れ、饅頭屋に急いだ。深夜というのに人の影が右に左にと動いている。なにしろ町内こぞって焼け出されるかどうかの瀬戸際だったのだ。饅頭屋の玄関は明るかった。留吉たち五人の大工と下職たちは、自身番で事情聴取をすませ、さきほど普請場の饅頭屋に引き揚げたばかりのようだ。すでに一同は棟梁を含め、奥の座敷で慰労を受けていた。酒はもちろん、にわかづくりの料理も出ていよう。店の者に頼み、玄関口まで留吉を呼び出してもらうと、

「箕之助旦那。こんなことになっちまったよ」

酒の入った赤ら顔ながら奥での得意気な勢いは消え、ただ申しわけなさそうな表情になった。火は消しとめたものの、おエンは大罪人になってしまったのだ。

「ふむ」

箕之助は頷き、

「ともかく、よくやってくれたじゃないか」

火を消しとめたことと、大罪人ながらおエンを人さまから恨まれる身にしなかったことへの、内輪でしか分からない慰労の言葉である。留吉も頷いていた。

暗い中を芝三丁目に帰る箕之助の足は重かった。

玄関に音がするなり、志江と舞が手燭《てしょく》を手に居間から走り出てきた。

「火事は？　まさかおエンさんでは！」

「兄《あに》さんは!?」

志江の問いに舞の声が重なる。

「うむ」

板の間に上がり、頷くだけの箕之助にいっそう心配が募る。

「どんな具合か」

居間で寅治郎も待っていたように問う。

炬燵に入り、箕之助は語りはじめた。

話の進むなかに、

「えっ！　やっぱり」

「なんてことを！」

志江も舞も驚きを隠せず、愕然とした態《てい》になった。

「うーむ。短慮といえば短慮だが」

寅治郎は言った。

「昼間の雨で家々は湿っており、それに風が凪《や》んでからの犯行だ。おそらく、自分の住まいだけを燃やそう、と……奉行所も、そのあたりは酌量《しゃくりょう》してくれようかのう」

しかし、死罪の免れないことは誰の脳裡にもながれている。

「ともかくだ。留吉たちはよくやってくれた」

「はい。おそらく留さんは今夜、三田二丁目の饅頭屋さん泊まりかと」

締めくくるように言った寅治郎に箕之助は応じた。

寅治郎と舞が芝二丁目の裏店に向かったころ、空には星が出はじめていた。

六

一夜明ければ、噂は三田から街道筋の芝、田町一円に広がっていた。まだ薄暗いなかに竹箒を持っておもてに出た志江は、

「よかったあ、半鐘の音を聞いたときは心ノ臓がとまりそうだったよ」

おなじように竹箒を持って出てきた町内のおかみさんから声をかけられたものである。江戸の住人は、明暦《めいれき》の振袖《ふりそで》火事をはじめ、何度も町々を焼き尽くす大火に見舞われ、そのたびに多くが死に、あるいは焼き出されて裸一貫となってきたのだ。誰もが火の手には敏感となっている。

田町の街道筋でも、

「ともかく小火でよかったぁ」

もちろん多くの者は言う。それよりも、

「どうしておエンちゃん、早まったことを」

涙とともに言う者も少なくなかった。いずれも舞たちやおエンを直接知る女たちであった。

噂はむろん、田町を過ぎ泉岳寺門前にも伝わっていた。住人たちはホッとしたことであろう。街道の噂からすでに地元の連続二件の犯人は鳴海屋が囲っている若い女だと知っており、夜明けに伝わってきた噂には、昨夜の付け火は泉岳寺門前の蠟燭問屋の囲い女と、かなり詳しく語られていたのだ。

この日、留吉たちは朝から仕事にならなかった。饅頭屋の店先には、

「よく消してくれた」

「これを一つ、大工さんたちに」

と、近辺の町役はもちろん、小商いの住人たちまでもが感謝の角樽や褒美の品を持って列をつくっていたのだ。

その動きは、箕之助も志江も芝三丁目の店にいるだけで想像できた。饅頭屋へ入っている大工に菓子折りなど持っていけない。朝から何人もの客が大和屋を訪れては「聞きなさったか。いやあ、よかった、よかった」と角樽や檜台を買い求めていくのである。もちろん三田からは芝よりも近い赤羽橋の蓬萊屋にも、そうした客があった。

箕之助や志江など事情を知る者や、舞たちのように直接おエンを知る者にとってホッとしたのは、深夜に奉行所から駆けつけた捕方《とりかた》が夜明け前には三田三丁目の自

身番を離れていたという点であった。おエンを日本橋手前の小伝馬町の大番屋に引いて行ったのである。昼間ではなく、おエンは縄目をかけられ引かれる姿を、札ノ辻から日本橋近くまで、繁華な街道筋で衆目にさらされずにすんだのである。奉行所の粋な計《はか》らいと言えば言えなくもない。それにしても奉行所の行動は速かった。

「志江、ちょいと赤羽橋へ行ってくる。店番を頼む」

まだ朝のうちである。箕之助も腰を上げた。角樽や檜台などが品薄になり、蓬莱屋に融通を頼まねばならない件もあるが、それよりも増して箕之助の念頭にあるのは、底知れぬ仁兵衛の人脈である。

志江も箕之助の緊張した表情からそれを察し、

「はい、おまえさん。品切れにならぬうちに、早く帰ってきてくださいね」

急かすようにおもてまで出て見送った。そこへまた、

「檜台、檜台。いいのありますかね。そこに乗せる鶴の塩鳥も」

また新たな客が駈けこんできた。

きのうと打って変わり、陽光が射し新春が戻ってきたようななかに、地面はまだ湿り気があって土ぼこりの立たないのがありがたかった。三田を経ず武家地を抜け

る近道を急いだ。

「箕之助旦那、お待ちしておりました」

箕之助が蓬萊屋の暖簾をくぐるなり、手代の嘉吉が奥から走り出てきた。箕之助が来るのを予測していたようだ。

「大旦那さまはもうお出かけになりました。番頭さんも一緒に」

「ほう、八丁堀へ」

箕之助は返した。番頭が一緒ということは、与力や同心たちの屋敷から年礼の品を引き取る交渉もあるからだ。

「はい、八丁堀へです」

嘉吉はくり返した。

仁兵衛は出かけるとき、窪んだ双眸をキラリと光らせ、

「――箕之助が走って来よう。夕刻前には帰るから、そう伝えておいておくれ」

言付けをのこしたという。

奉行所の迅速な行動は、おエンへの粋な計らいなどではない。奉行所には奉行所の思惑があった。箕之助も仁兵衛も、それを感じとったのだ。

(その思惑が、おエンへの好ましい情状酌量となってあらわれれば……)

淡い期待を持った。その期待が叶いそうかどうかを探りに、仁兵衛は早々に出かけたのである。

礼物といえば、町奉行所の与力や同心にも多く、そこには大名家からの結構な品も少なくない。換金するためには、当然献残屋を経る。仁兵衛は早くからその一角に喰いこみ、かなりの与力や同心に知己を得ていた。与力や同心たちにしても、相手が世事に詳しい献残屋であってみれば、礼品の払い下げを交渉するかたわら、世間の出来事についてさまざまな情報交換もする。

箕之助が赤羽橋に急いだのは、それを仁兵衛に依頼するためであった。

「夕刻前だね」

箕之助は嘉吉に念を押した。

帰りには、角樽や檜台などの荷物がある。それも仁兵衛は店の者に手配させていた。重いものではないがけっこうかさばる。嘉吉とさらに丁稚が一人、品を背負い芝三丁目まで従った。

箕之助は一日の過ぎるのを長く感じた。

太陽が西の空にかたむきはじめたころ、

「夕刻にはまだ早いが、ちょいと行ってくるよ」

箕之助は店場の帳場格子の中で腰を上げた。

「たぶん、きょうも留吉さんたち、こちらへ来るでしょうから」

言いながら志江は外まで出て見送った。蓬萊屋の仁兵衛旦那が八丁堀に出かけ、そのようすを探りに箕之助が赤羽橋へ行ったことを聞けば、留吉も舞も、さらに寅治郎もその帰りを大和屋の居間で待つことになるだろう。

そのとおりであった。箕之助が長い影を引きながら赤羽橋を渡り、蓬萊屋にきょう二度目の訪《おとな》いを入れたころ、舞はすでに大和屋の居間に上がり、そこへ留吉も、

「きょうは仕事にならなかったぜ。でもよ、素直には喜べねえよなあ」

などと言いながら甲懸の紐を解き、陽の落ちたころには寅治郎も、

「ふむ。八丁堀の動きか」

と、箕之助の帰りを待つ一員になっていた。そのあいだにも、大工たちがきょうさんざん吹いたであろう自慢話も、留吉が大和屋の居間で話す分には、

「あと一歩早かったなら、半鐘など鳴らさせずにすんだものを」

と、自戒の念がこもった湿っぽいものになった。舞も志江も、半鐘が鳴って大騒ぎになったことをしきりに残念がった。町で事件を隠蔽することは、もうできない

のである。

蓬莱屋では八丁堀での買取り交渉が順調に進んだのか、店は活気に満ちていた。それらの礼品は、如月《きさらぎ》（二月）の初午《はつうま》のころにまた捌《さば》けるのである。

仁兵衛は奥の部屋で箕之助が来るのを待っていた。年増の女中が部屋に箕之助のお茶を運んだとき、ちょうど増上寺から夕のお勤めの響きが聞こえてきた。

「与力どのが言うには、お奉行さまの意向らしい。やはり粋な計らいと言えば言えぬでもないがな」

仁兵衛は前置きし、語りはじめた。部屋の明り取りの障子が夕陽を受け、紅く染まっている。箕之助は読経の響きを背景に身を乗り出し、仁兵衛に視線を据えた。

仁兵衛が昵懇《じっこん》にしている与力が語るには、町奉行所では背後に鳴海屋のあることを早くからつかんでいたらしい。

「――岡っ引が田町界隈にながれている噂を知らせてきたのでな。隠密同心を田町に入れ、そこで得た話をもとに田町三丁目の蠟燭屋に目をつけておったのよ」

だが、付け火が寺社奉行の支配地とあっては単独で尋問もできず、

「――しかも相手が分別もつかない小娘とあっては何をしでかすか分からず、苛立

ちばかりが募ってのう」

そこへ田町三丁目での付け火があったことになる。町奉行所の行動が迅速だったのが頷ける。直接の支配地なのだ。

「――で、おエンとやらに情状を酌量する余地はありましょうや」

「――ある」

仁兵衛の問いに与力は応え、

「――けさの段階で、お奉行はすでにその指示を出されておってのう。泉岳寺門前の鳴海屋まで手をまわせない悔しさは残るがのう」

と、その措置を口にした。現場の段階でおエンが自分で火を付けたと話し、それが自身番で留吉たちの語った情況とも一致しているとあっては、あらためて町奉行所の白洲《しらす》で吟味するまでもなく、早急な断が可能となったらしい。

帰りしな、

「――そうそう。あの大工たちにはのう、お奉行からお褒めの言葉と金一封が出る予定だ」

与力は言ったそうな。

話を聞き終わったときには、いつの間にか増上寺からの響きは消え、部屋には行灯が必要な時分となっていた。

蓬萊屋の屋号が入った提燈を手に、箕之助は帰りの道を急いだ。新春とはいえ、陽が落ちればやはりきのうの寒さが戻ってくる。

「どうでした！」

志江と舞が玄関に走り出て、

「奉行所はどのようにっ」

留吉もあとを追って廊下に飛び出てきた。

志江の用意した熱燗を一口喉にながし、箕之助は仁兵衛の語った内容を、順を追って話しだした。行灯のほのかな明かりに照らされた居間には、緊張の空気がみなぎる。

「なるほど、寺社奉行への当てつけがあったようだのう」

寅治郎は言い、なおもじっくりと耳をかたむける。

「そんなことは分かってらい。町奉行所の動きが速かったことは。それよりも、どうなるんだい。おエンのお裁きは！」

留吉はじれったそうに口を入れ、手にした湯呑みで卓袱台に音を立てた。舞も志江も、それを早く知りたがっている。

箕之助はポツリと言った。

「死罪」

「えっ」

舞の声か志江のかは分からなかった。あとは一同、息を呑み、

「それも……この、一両日中に」

箕之助の言葉に座の緊張はさらに高まった。

「ふむ」

寅治郎は頷きを入れた。おエンの身柄はいま町奉行所の手にあるが、事件の発端は泉岳寺門前の鳴海屋である。町奉行所の吟味でそこまでさかのぼれば、寺社奉行への挨拶が必要となり、その過程で寺社奉行からおエンの引渡しを要求され、いずれが裁くかで揉めることにもなる。そこで町奉行所は鳴海屋の件を切り離し、田町の件だけで断罪することにしたのである。それも失火に近い措置で本人に苦しみを与えず、小伝馬町の牢屋敷内の仕置場で早々に首を落とす算段を立てた。それを可能にしたのは、もちろん留吉たちの迅速な消火であった。

付け火は火焙りになる前に日本橋、両国橋、四ツ谷御門、赤坂御門、筋違橋《すじかいばし》の五

箇所で罪状を記した捨札《すてふだ》とともに一日ずつ晒《さら》しにされるのが御掟《ごじょう》である。場合によっては付け火の現場が当てられることもあり、そのときは五箇所のいずれかと振り返られるが、日数は変わらない。しかも最後の日には裸馬に乗せられ、品川向こうの鈴《すず》ケ森《がもり》の刑場まで引かれることになる。田町の街道筋も泉岳寺門前も通る。それらをおエンは免れることになりそうなのだ。

居間の緊張はいくぶん和《やわ》らいだが、しかし重苦しいことに変わりはなかった。

「ワーッ」

舞がいきなり大声とともに卓袱台に顔を伏せた。苦しく過酷な刑は免れそうなものの、小伝馬町の牢屋敷で、穴を掘った土を盛り上げた土壇場《どたんば》におエンが引き据えられ、首を打たれる場面を舞は想像したのであろう。

町奉行所のお白洲で裁きが言い渡されたと三田三丁目の町役たちが町に伝えたのは、翌日の一月七日午《ひる》過ぎであった。町役たちは参考人として奉行所に呼ばれていたのだ。内容は、きのう仁兵衛が与力から聞いたとおりであった。夕刻には田町一帯から芝にも泉岳寺門前にもそれは伝わった。しかも処刑は、

「あしたですって！」

いずれの町衆もその速さに驚いた。

その日は来た。処断の刻限は分からない。舞は茶屋でつい皿を二枚も割ってしまい、留吉は饅頭屋の普請場で手斧を持つ手を何度も狂わせた。この日のうちに、おエンの首と胴が離れるのである。しかも罪人の遺体は引き取りもできず、遺髪なりとも埋葬して墓を立てることも許されないのである。死体は塵《ごみ》のように大八車で鈴ケ森に運ばれ、捨てられる。


泉岳寺門前では、朝から鳴海屋の富三郎は機嫌がよかった。

三田三丁目の付け火が伝わったとき、富三郎は蒼くなって震えた。吟味が進めば自分の名が出るのは必定である。なんらかのお咎めがあり、それよりも世間からの糾弾が恐ろしい。ところが一転しておエンは三田三丁目だけの付け火で早々に処断されることになったのだ。

「そりゃあ不浄役人の手など、お寺さんのご門前に入ってきたんじゃ御仏が怒りますよ」

富三郎は奉公人らに言ったものである。

すでに首を刎《は》ねられたかもしれない午すぎには、

「あの女はね、うちはともかくこの町全体にまで迷惑を及ぼそうとしたのですよ。おもての街道を裸馬で引かれていくところを見たかったのに、それがないとは残念です。火焙りの炎もね」

近所の旦那衆に、安心しきった顔で言っていた。

夕刻前には、その噂が田町の茶屋の一帯にもながれていた。

「許せません！」

大和屋の居間で、舞から話を聞いた志江は思わず掠《かす》れた声を洩らした。話した舞も表情に悔しさを浮かべ、憤懣《ふんまん》やる方ない口調だった。

・

七

留吉たち五人が棟梁と三田三丁目の町役たちに連れられて奉行所に出向いたのは、おエンの首が打たれ、富三郎のうそぶきが伝えられた翌日であった。奉行からお褒めの言葉をいただき、金一封を押し頂いたのだ。それもまた、町奉行所の寺社奉行に横槍を入れる隙を与えないための、迅速処理の一環といえた。これで表面上はまったく一件落着したことになる。

「この金、使えねえよ」

大和屋の居間で留吉は言った。きのう、小伝馬町の牢屋敷でおエンの首と胴が離れているのだ。

奉行所からの帰りも、

「――女が一人、首を打たれてんだぜ」

金子《きんす》の包みを手に言った留吉の一言に、誰も一杯やっていこうとは言わなかった。それで留吉はまっすぐ大和屋に向かったのだった。棟梁も頷いていた。

箕之助も同様だった。大福帳に、留吉たちのおかげで思わぬ売り上げの額がならんだ。だが、喜べなかった。

舞が、ポツリと言った。

「不憫《ふびん》な死に方。香典の届けようもない」

数日後であった。留吉の金一封と大和屋の利益金に蓬莱屋も足並みをそろえ、さらに棟梁の意思で、持ちこまれた角樽や檜台などを箕之助が買い取った代金など、合わせて十両ばかりになった。あの日、お手柄の大工へと饅頭屋に積まれた品々は
棟梁が、

「――五人だけの手柄じゃねえ。おめえら全員が毎日息を合わせて仕事をしてくれ

ているから、とっさのときにも五人の息がピタリと合ったのだ」

と、配下の大工や左官、指物師ら全員に配分し、空になった角樽や檜台や細工のいい水引などは一括して大和屋が引き取った。それを全額拠出することに、品を一時預かった饅頭屋のあるじにも異存はなかった。

「おエンちゃんの在所、以前おエンちゃんがいた茶屋の旦那さんに聞いて、村の名前もご両親の名も分かった」

舞が言ったのである。川越の手前だから二日かければ行って帰ってこられる。十両とは商家の女中の五、六年分の給金に相当し、二日をかけて持って行く価値はある。おエンへの香典である。

だが、それだけで関与した者たちの気分が晴れるものではない。八丁堀の与力は仁兵衛に洩らしたのだ。

「——鳴海屋を処断できない悔しさは残る」

与力だけの気持ちではない。とくに志江には、まだ気になることがあった。

「鳴海屋のご新造さん、どのような思いで過ごしていらっしゃるのでしょうねえ」

寝間にしている二階に上がったとき、志江は言った。

「うむ」

　箕之助は短く返しただけだった。外から判断もつかないし、それこそ他人の奥向きの範疇《はんちゅう》なのだ。言った志江とて、箕之助に返事を求めたわけではない。ただ気になるのである。だが、如何ともしがたい。それに、おエンへの香典を届けるのに誰がふさわしいか、まだ決めていない。

　女正月といわれている十五日になった。朝から晴れていた。夜には寒空に十五夜の満月である。

「きょうの昼、どこか街道の蕎麦屋にでも行こうか」

　気分が晴れぬまま、その日が女を休ませる小正月であったことに思いをめぐらせたのか、朝日を浴びながら得意先へ出かける箕之助はポツリと言った。

「まあ」

　志江は喜び、夫の帰りを楽しみに待っていたときである。まだ太陽は中天にもさしかかっていない。玄関に訪《おとな》いを入れる声があった。昼飯《ひる》の用意をする必要もなく店場に出ていた志江は顔を上げた。帳場格子の中で思わず腰を上げ、

「これは鳴海屋のご新造さん！」

　板の間にすり足をつくり、

「まぁ、どうなさいました⁉」

再度、声を上げた。化粧はしているものの、顔の腫《は》れまでは隠せない。それに、やつれてもいる。風呂敷包みを背負った若い女中が一人ついていた。新造とおなじように、顔に痣《あざ》をつくっている。新造も手に包みを抱えていた。

「街道を通りかかったついでに、ご挨拶をと思い」

新造はゆっくりした口調であったが志江は異状を覚え、

「ここじゃなんですから、ともかく上へ。狭いところですが。さあ」

女中にも手招きし、居間へいざなった。新造は従い、女中もそれにつづいた。若いのに気が利くらしく居間に入ると、

「あっ。あたしが」

と、お茶の用意をしようとする志江を手伝った。

「いったい、どうなされたのです」

あとを女中に任せ、炬燵の卓袱台に座すなり志江は訊いた。

「あたくしが至らなかったばかりに、おエンさんと三田の方々にはただ申しわけなく」

鳴海屋の新造は話しだした。ついでなどではなく、その話をするために立ち寄っ

たようだ。茶を淹れ、かたわらに座した女中も神妙な顔つきになっていた。

志江と会ったあと、新造は富三郎を諫《いさ》めた。だが、効果はなかった。

「富三郎の女狂いは、おエンさんだけではないのです。以前から、夫婦とは名ばかりの状態だったのです」

新造は言う。三田での付け火には心臓がとまるほどに驚き、

「会ったことはない人ですが、相手が富三郎ではおエンさんの心境は分かります。前にも一度、身籠《みごも》った女を自殺に追いやったこともあるのです。それを思えば、今回は大事に至らず消しとめてくださった方々にはただただありがたく……しかし、おエンさんは」

声をつまらせた。告白のような内容に志江は息を飲んだ。

「あの日の半鐘以来、ご新造さまは食事も喉をとおらず」

かたわらの女中が遠慮気味につないだ。処刑の日には部屋に閉じこもり、一日中体を震わせていたという。その夜も富三郎は、なんと品川宿へ女郎買いに行ったらしい。以前からの馴染みがいるらしいのだ。宿《しゅく》の通りを過ぎた鈴ケ森に、処刑後の試し斬りに供されたであろうおエンの肉片が捨てられた日なのだ。

新造はまた語りだした。

「おエンさんの親御《おやご》さまが、うちへ見えたのです。理由を訊《き》きたい……と」

処刑の顚末は三田三丁目の自身番から転入時の人別帳を頼りに、在所の大井宿の宿役人《しゅくやくにん》に連絡が行っている。驚いたおエンの父親は、寝こんでいる女房を村の者に頼み、急いで出てきた。いかにも水飲み百姓の野良着姿で髷もほとんどザンバラに近く、ともかく出てきたというようすだったらしい。親仁《おやじ》さんは三田三丁目の自身番に駈けこみ、そこで泉岳寺門前の鳴海屋のことを聞いたそうだ。

鳴海屋の暖簾をくぐり、

「――お願いします。教えてくだせえ」

三和土に立ったまま腰を折り、おエンが付け火に至った背景を訊こうとした親仁さんに、

「――なんだね、汚らしい爺《じじ》いだねえ！」

富三郎は居丈高《いたけだか》の風をつくり、

「――みょうな言いがかりは持ちこまないでおくれ！　この地をなんだとお思いだね。しつこいようなら寺社奉行さまの手を呼びますよ！」

板の間の上から強い口調を浴びせ、手代や丁稚に命じ叩き出したという。

番頭が奥まで走り、おもてのようすを聞いた新造は身のまわりから一分金や二朱

金など小粒ばかりで二両の金子を用意し、往還に走った。

「とっさに工面できたのは、それだけでした。金銭では購《あがな》えませんが、せめておエンさんへの、供養のつもりだったのです」

新造は言う。門前の通りから街道に出たところで追いつき、亭主の無作法を詫びながら二両の包みを、

「野良着のふところへ押し入れるように受け取ってもらおうとしたのです」

だが、

「――ご新造さま、わしはそのようなものを貰いに来たんじゃありやせん。ただ、おエンがなんで人さまに迷惑をかけるようなことをしでかしたのか、それを知りたいだけでごぜえますだよ」

路上でやり取りがあり、新造は声を震わせた。

「結局、受け取ってもらえませんでした」

話はまだつづいた。店に戻ると、

「――この恥さらしが！」

富三郎は新造を殴りつけ、

「わたしの顔にも、鳴海屋の暖簾にも泥を塗る気か！」

「——めかけに火付けまでさせ、それでもおまえさまは人間ですか！」

横転しながらも言う新造をさらに蹴り、踏みつけ、とめに入った女中も殴られ、番頭まで髷をつかまれ顔を張られたという。そのあとまた、富三郎はプイと店を出て品川宿の馴染みの女のところに行ったらしい。

新造は顔の腫れをそっと隠すように手で覆い、

「それが実は、きのうのことだったのです」

「えぇ！」

あまりにも話が生々しい。

「それでご新造さまはけさ、家を……出られ」

女中が自分の顔にできた痣を撫で、消え入るような声でつなぐと、新造はふたたび志江を見つめ、

「一度お話しただけの間柄で心苦しいのでございますが、昨日の二両と、新たに三両足しまして、五両あります。田町の町役さんにお願いし、おエンさんの親御さんに届くよう、お手配願えませぬでしょうか」

十両がまだ手元にある。

「出来れば親御さんの元にご一緒できればいいのですが。確かに」

志江は引き受けた。この言葉に新造はようやく安堵の表情を浮かべ、

「ただ心残りは、三行半《みくだりはん》をもらえなかったことでございます」

口調はやはり、無念そうであった。一度嫁した女が家を出るとき、亭主から離縁の証《あかし》となる三行半をもらえなかったら、自由の身になれないのが決まりなのだ。富三郎の目を盗むように街道まで新造と女中を見送った番頭は、

「――ご新造さま、きっと帰ってきてくださいまし。そうでないと、鳴海屋は持ちませぬ」

と、目に涙を浮かべていたという。暮れに大慌てで大和屋へ葛粉と片栗粉を求めに来て、箕之助と蓬莱屋の嘉吉が一緒に運んだ番頭である。

「そうでございますよ。お店のこと、間もなくうちの主人が戻ってくるはず。なにかいい知恵が浮かぶかもしれません。それまでお待ちになってくださいましな」

「いえ。あの夜、半鐘をお聞きになった方々、どなたにも合わせる顔はなく、五両のこともあり、せめて大和屋さんのご新造さんにその後の経緯をと思い、恥を忍んで寄り道させてもらったのでございます。おエンさんの初七日にあたるきょう、こうしてあたしが家を出るのも因果かもしれません」

新造は言い、もう腰を上げていた。女中もそれにつづいた。新造の実家は江戸府

内で北の千住宿《せんじゅじゅく》に近い町だという。おなじ蠟燭問屋らしい。志江はとめることができなかった。まさに女正月のきょう、おエンの初七日なのだ。

志江はおもてまで出て、街道へ向かう二人を見送った。そそぐ陽光に風も土ぼこりもないのが、志江にはせめてもの慰めと思えた。


「街道の蕎麦屋さんに一部屋とっておいたよ。さあ、支度をおし」

と、戻ってきた箕之助が玄関に入るなり言ったのは、志江が卓袱台の湯呑みをかたづけたすぐあとだった。

「おまえさん、いまさっき」

志江は廊下を走り出てきた。箕之助がまだ三和土に立ったままなので、

「じゃあ、話は蕎麦屋さんで」

と、戸締りをして外に出た。

夫婦で外へ昼飯《ひる》を食べに行くなど、初めてかもしれない。志江はそれができる自分にくらべ、まだ日本橋にも着いていないであろう鳴海屋の新造のことを思った。

蕎麦屋の一部屋で、志江は話した。せっかくの蕎麦の喉越しを味わう場とはならなかった。

聞き終わったあと、

「ふむ。その親仁さん、悲愴というか、見上げたものだ。意地を示しなさったのだなあ」

「はい。ですからご新造さまも身銭を切って三両足されたのでしょう。十両の件は差し出がましいと思ってご新造さまには黙っていたのですが、〆《しめ》て十五両、あたしが直接川越街道の大井宿へ」

「それがいいだろう」

志江の話に箕之助は応じたものの、なお得心のいかぬ表情に変わりはなかった。

「まだ、なにか」

顔をのぞきこむように言った志江へ、箕之助はあらためて応じた。話を聞きながら、胸の隅に湧き起こってきたことかもしれない。

「鳴海屋さんに繁盛してもらうには、やはり踏み入らせてもらわねばならないかもしれないねえ」

すでに決めたように、蕎麦をのどに流しこんだ。

「おまえさま」

箕之助を見つめ、志江は解した。おなじように、蕎麦に軽い音を立てた。喉を、心地よく通った。

日暮れ時になった。大和屋の居間には舞と留吉、それに寅治郎の姿があった。ささやかな供養である。舞がきのう、

「あのおエンちゃんがいなくなったなんて、まだ信じられない。せめて初七日に」

と言い、志江が応じたのである。

「ま、以前は俺も茶屋の用心棒として、守らねばならぬ女だったのだからなあ」

と、街道に向けている視線を早めに切り上げ、舞と一緒に帰ってきたのだ。

部屋には、心ばかりの線香が焚《た》かれていた。

舞も留吉も、さらに寅治郎も、志江の語った内容には驚きの色を隠さなかった。

そこに交わされる話は、きょうの目的であった、死者を偲ぶものでも打首を哀れむものでもなくなった。

「鳴海屋の富三郎とは、芯からそういう男だったか。ならば新造がいなくなれば、ますます狂うかのう」

落ち着いた寅治郎の口調に、

「許せない、絶対に！　これまでのことも、これから先も！」

舞の声が重なった。線香の煙が揺れた。

「そういうことです」

箕之助が言った。昼間の蕎麦屋で、すでに意を決めている。このままでは、鳴海屋は大和屋の得意先とはなり得ない。淡い明かりに線香の香がただよう。志江は催促するように寅治郎の顔を見つめた。舞も留吉も、その視線に合わせた。

「泉岳寺門前という場所柄かのう。なにやら似てきたようだぞ。浅野内匠頭どのが腹を召されたのは幕府の処断。なれど、大石どのや一統の数右《かずえ》らが仇《かたき》として狙っているのは他所に……という図式にのう」

「そ、そのとおりですぜ、旦那！」

留吉が興奮気味に返した。寅治郎と赤穂浪人の不破数右衛門《ふわかずえもん》は昵懇の仲で、本所松坂町の吉良邸の普請にもぐりこみ、屋敷の絵図面を書き上げたのは留吉なのだ。

寅治郎は四人の視線に頷きを示した。この面々にとって、頷きの内容を口に出して確認しあう必要はない。

だが、揉めた。

「案ずるな。俺がついておる」

寅治郎の一言で決着はついたものの、留吉は不満の色をあらわし、箕之助は心配の表情を収められなかった。

八

翌日は新造が家を出たばかりで混乱しているだろうと思い、箕之助が鳴海屋へ営業の挨拶を装って訪《おとな》いを入れたのは翌々日の十七日、午前《ひるまえ》であった。その二日間、箕之助は心配を隠せず、

「――本当に大丈夫か」

何度も口に出して言っていた。そのたびに志江は、

「――おまえさまに言われ、最初に鳴海屋さんに行ったのはあたしなんですよ。最後の〆《しめ》もあたしにつけさせてくださいな」

返したものだった。そのためにも、事前の準備は万全でなければならない。鳴海屋では番頭が店の帳場格子に入っていた。番頭も新造から志江のことは聞かされていたのか、

「これは大和屋さん」

と、仲間内を見るような表情で帳場格子から出てきて腰を折った。あるじの富三

郎はいないようだ。番頭は箕之助の誘いに応じ、外に出て街道に面した茶屋に入った。番頭はそこが新造と志江が話し合った場であることを知っていた。

「ここがそのときの部屋のようで」

箕之助が言えば番頭は、

「まったく世間さまにも、申しわけない仕儀に至りまして」

恐縮の態を見せる。新造と志江を通じ、番頭と箕之助はすでに通い合うものを感じている。話は進んだ。富三郎はきのうから品川宿に居つづけ、

「きょう夕刻には店に戻るからと、女郎屋の男衆《おとこし》が知らせてきましたので」

と、番頭は恥じ入るような、またあきれるように言う。箕之助はその女郎屋の所在を訊いた。

「なぜ」

と、怪訝《けげん》そうな顔をする番頭に箕之助は、

「どうやら富三郎旦那は、あちこちから恨みを買われているような。もし、それを晴らす者がいたとしたら、お手前さまは？」

「えっ。まさか、大和屋さん！」

番頭は緊張したものの、箕之助を見つめる表情には肯是《こうぜ》の色が刷《は》かれていた。お

とといから、箕之助の心にあった躊躇の念は、このとき吹っ切れた。

帰り、箕之助は舞のいる腰掛茶屋に立ち寄った。縁台には座らず、言葉は短かった。寅治郎は相変わらず縁台に座し、街道に視線をながしている。

「――うちは五つ（およそ午後八時）には店の戸締りを確かめ、屋内の明かりもすべて消すことになっております。ですから富三郎はそれを刻限に戻るはずです」

門前の茶屋で鳴海屋の番頭は言ったのだ。もちろん、品川宿の女郎屋の所在も話した。宿場の旅籠をほぼ通り抜け、脇道に入った路地にその女郎屋はある。繁華をはずれ、あとすこし街道を進めば鈴ケ森というような場所だった。

「ふむ。ならば今宵六ツ半（およそ午後七時）ごろだの」

寅治郎は街道を見つめたまま返し、舞はやはり緊張がともなうのか、

「は、はい」

盆を小脇に、上ずった声で応じた。

箕之助の足はその場を離れ、三田二丁目の饅頭屋に向かった。留吉のいる普請場である。留吉はその機会のこうも早く来たことに驚いていた。芝三丁目に戻れば、志江も同様であった。

「おまえさま」

緊張した顔で見つめる志江に、箕之助は静かに言った。

「やはり、因果な商いだなあ」

「はい」

志江は返していた。


日の入りの暮れ六ツが近づいた。

「では、おまえさま」

志江は提燈をふところに入れ、毎朝舞と寅治郎が向かう街道への往還に、夕陽を浴びた長い影を落とした。

「志江」

箕之助は外まで出てその背を見送った。街道は一日の終わりを迎え、往来人も大八車も荷馬も動きがせわしなくなっている。

陽は落ちた。あとは急速に十六夜《いざよい》を一日過ぎた月が輝きを増す。ほとんど満月に近い形を保っている。

「舞ちゃん、きょうはどうしたね。もう上がってもいいんだぞ」

田町八丁目の腰掛茶屋のあるじが舞に声をかけ、おもての簀《よしず》を巻きはじめた。さきほど、やっと江戸に入ったという風情の旅人が熱いお茶を喉にとおし、立ったばかりである。舞いも縁台をかたづけるのを手伝い、

「ではおじさん、おばさん。またあした」

老夫婦に声をかけ、おもてに出た。急速に人影の減りはじめた街道に志江の姿が見えたのだ。寅治郎は場所を替え、田町九丁目の腰掛茶屋に腰を下ろしている。背後はもう海浜である。志江はそこで火種をもらい、提燈に火を入れた。

「では、俺もきょうは終わりとするか」

寅治郎は腰を上げ、街道に歩み出た。

「ご苦労さまでございます」

あるじは声をかけ、簀と縁台をかたづけにかかった。向かいととなりはすでに閉じている。

片側に袖ケ浦の海浜が迫る街道である。遮蔽物もなく聞く潮騒の音は大きく、波頭《なみがしら》が月明かりを鈍く照り返しはじめている。泉岳寺門前を通り越した。志江と舞の歩むすぐうしろには寅治郎がつづいている。袖ケ浦の海浜はまだつづく。ときおり品川宿を抜けてきた旅人姿とすれ違う。いずれも速足だ。品川宿へ向かう影もあ

り、担ぎ棒に灯りの入った提燈を提げた町駕籠がかけ声とともに追い越して行く。嫖客《ひょうかく》であろう。

海浜は切れ、ふたたび街道の両脇には建物の軒端《のきば》がならびはじめた。薄い雲が出たのか月明かりは弱くなり、さすがは品川宿か軒端の灯りが目立ちはじめる。日の入り後のごった返したような賑わいは過ぎているものの、両脇から女たちの呼びこみの声がまだ聞こえ、物色するような人の影にはすでに千鳥足の男もいる。そのような中に女二人が肩をならべて歩いているのは珍しいのか、ふらふらと近寄ってくる影もある。そのたびに舞が、

「旦那ア」

と、背後を振り向けば、

「うむ」

月代《さかやき》を伸ばした百日髷《ひゃくにちまげ》に大小を帯びた浪人姿が応じる。それだけで影はすごすごと二人から離れる。

ひときわ明るく軒端の提燈や障子戸の明かりに照らされた一角を過ぎると、ふたたび志江の持つ提燈が目立ちはじめる。三人はすれ違う男たちに注意をそそぎながら歩を進めた。いずれもまだ軒端の明かりを物色している男たちで、府内のほうへ

帰りを急ぐ富三郎の姿はなかった。

「その脇道のようだ。曲がれ。時刻もちょうどよいころだ」

背後から寅治郎が声をかけ、志江と舞は歩の向きを変えた。時刻も、あらかじめ見当をつけていた六ツ半のころあいである。

脇道にもポツリポツリと飲み屋の明かりが点いており、まばらに人の影も動いている。志江と舞は歩を進めた。落ち着いていられるのは、すぐうしろに寅治郎がついているからだ。箕之助や留吉だけなら、大船に乗ったようなこれだけの安心感は得られないだろう。

箕之助が鳴海屋の番頭から聞いた路地の入り口が見える。奥まったところに灯りが一つ二つ点いている。女郎屋だ。志江と舞は一度振り返ってから通り過ぎ、寅治郎が路地に入って屋号を確かめた。確かに聞いたとおりの屋号があった。

「間違いない」

路地から出てきた寅治郎は低声《こごえ》で二人に言い、いま来た街道のほうへゆっくりと歩を拾った。そのあとへ志江と舞がつづき、またきびすを返し脇道に戻り、さきほど見定めた女郎屋の路地を中心に二、三度行きつ戻りつし、ふたたび街道から脇道に歩を進め、寅治郎がその路地の前を通り過ぎたときである。

出てきた。志江と舞の目の前である。舞が顔を知っている。富三郎である。脂粉の香が極度に濃い女が寄り添っている。志江は提燈を足元に下げて顔から遠ざけ、舞とともに隅のほうに寄った。富三郎は気がつかなかったようだ。

聞こえる。

「ねえ、富の旦那ア。きっとですよ」

「あゝ、早いうちに手ごろな空き家を見つけるから」

今度はこの女を囲うつもりのようだ。富三郎は女から受け取った提燈を手に街道のほうへ向かった。おもてで町駕籠を拾うつもりだろう。この時刻なら、江戸府内への戻り駕籠をつかまえるのは容易だ。女はすぐ路地に消えた。雲が厚くなったのか、月明かりがほとんどなくなっている。

「行け」

寅治郎は背後から声をかけた。二人は頷き、歩を速めた。脇道から街道に出るところだった。

「旦那ア、鳴海屋の旦那じゃありませんか」

舞が声をかけた。提燈が志江の手から舞に移っている。

「え！」

「あたしですよう。ほら、田町の腰掛茶屋の」

舞は提燈を上げ、自分の顔を照らした。

「おぉ、そういえば。確かに」

顔は見覚えていても名までは知らない。

「そのおまえがなぜこんなところに？」

「ふふ。あたしだってお金が欲しいですよう。だから、こちらの界隈のお店にも」

「ほう、そう。ふむふむ」

富三郎は納得したように好色な目を舞とそのかたわらに立つ志江へ向け、

「こちらのお方は？」

「あたしが出ているお店のお姐さん。親切な人よ」

「ほう、そうかい。どこだね」

「こちら。場所だけでも覚えておいてくださいな。この次には是非」

志江は舞から提燈を受け取り、

「すぐ近くですから」

先に立った。富三郎は、場所だけでもという言葉に乗った。時間は取られないはずだ。楽しみがまたできたようなものである。

志江の足は街道をさらに先へ、宿場の外へと向かった。

月明かりはない。

「おいおい、宿場を出てしまったじゃないか。こんなところにも女を置いている店があるのかね」

さすがに心配になったのか、富三郎は問いを入れた。寒さも増し、吐く息もとっくに白くなっている。

「ふふふ、だからじゃありませんか。人知れずに」

「ほう、そういうことかね」

志江が言ったのへ富三郎は期待を乗せて応じたものの、すでに両脇に建物もなければさらに提燈の灯りは二つのみで、他に人の影などまったくなくなっている。十数歩離れたうしろへもう一人尾《つ》いているのに富三郎は気づいていない。

「おい、ほんとかね。わたしをからかってるんじゃないだろうね」

顔見知りの舞が一緒だから安心感を得ていたのだが、暗い街道が鈴ケ森にさしかかり、樹々のざわめきまで聞こえはじめたとなれば、再度念を押す声には不安よりも警戒の念を含んだものとなっていた。

「からかってなんかいませんよ。実はねえ、鳴海屋の旦那」

提燈を持った志江が足をとめ、

「おまえさんの永久《とわ》の棲家《すみか》がね、ここなんですよ」

「そお。向こうに行ったら、おエンちゃんに一言あやまってね」

舞がつづけたのへ、

「えっ」

富三郎が驚くのと同時だった。

「旦那っ！」

志江が声を重ね提燈を富三郎へ向けたまま右方向へ跳びのき、

「ハッ」

舞は左方向へ身をそらした。富三郎は背後の気配に振り返るいとまもなかった。

(風！)

感じたかもしれぬ。

「ウッ」

背に刺激が走ったとき、飛びこんできた黒い影は富三郎の背後にピタリと停まっていた。両脇の志江と舞は事前の打ち合わせどおりとはいえ、その動と静に息を飲んだ。大刀の切っ先が背から心ノ臓を刺し貫いている。一突きだった。

「ううっ」

　そのまま寅治郎は一歩前にすり足をつくり、押し放すように刀を引き抜いた。富三郎の身は街道から林へ、蠟燭のまだ燃えている提燈を抱えこむように斃《たお》れこみ、灌木《かんぼく》に音を立てた。提燈の炎は腹の下で消えたようだ。街道に灯《とも》る明かりは、志江の持つ提燈一つとなった。寅治郎は刀をぬぐって鞘に収め、

「帰るぞ」

　きびすを返し、もと来た闇の街道に歩を踏みはじめた。抜き打ちに斬り斃していたなら、志江か舞が返り血を浴びていただろう。かといって鉄扇で首の骨を砕いたなら、田町界隈にはそれと気づく者がいるだろう。

「は、はい」

　舞は我に返ったように頷き、

「あ、あの、確かめなくても？」

「手応えで判《わか》る」

　志江の掠れた声に寅治郎は応え、そのまま歩を進めた。舞は緊張で声も出ないようだ。

　忘れていた寒さが身に戻ってきたのは、両脇の建物から灯りの洩れる往還に入っ

たころであった。人の影がまだあちこちに動いている。女の姿もあるのは宿の女中たちであろうか。

「駕籠、召しませい」

「戻り駕籠で」

速足に歩く方向から、府内へ急いでいるのが分かるのか、客待ちの駕籠舁き人足が声をかけてくる。

三人は頷き合い、人足の声に応じた。人を一人、あの世に送ったのだ。忌《い》まわしい現場から少しでも早く離れたい。寅治郎とて気持ちはおなじである。

駕籠に揺られながらふたたび潮騒を聞き、泉岳寺門前をすぎたころ、鳴海屋が戸締りを確かめ明かりもすべて消すという五ツ（およそ午後八時）時分はすでに過ぎていた。番頭はおそらく胸に感じるものを秘めながらも、

「さあ、きょうも旦那さまはお帰りにならないようだ」

手代や丁稚たちを指図し、もう寝床の中に時を送っていることであろう。

駕籠は札ノ辻で捨てた。芝まで乗りつけるなど贅沢である。それでも三挺の駕籠舁き人足たちは、府内への戻りにも客に恵まれたと喜んでいた。

札ノ辻から街道を芝三丁目までは十丁（およそ一粁）足らず、飲食の常店はとっ

くに暖簾を下げているが、ポツリポツリと屋台の灯りが見えるのにはホッとした思いになる。

「あした晴れるかしら」

「風もなければいいのだけど」

舞も志江もまださきほどの余韻か、ことさら異なる話題を求めた。

「冷えるのう」

寅治郎も歩を進めながら応じていた。

大和屋の玄関はまだ雨戸を閉めず、足音が聞こえただけで箕之助と留吉が廊下にけたたましい音を立て走り出てきた。居間には、炭火を絶やしていなかった。

その噂が品川宿から田町の茶屋に伝わってきたのは、翌日午《ひる》を過ぎたころであった。宿場はずれの鈴ケ森に行き倒れていたのが鳴海屋のあるじとあっては、たちまち田町一円にも広がり、

「きっとおエンちゃんよ。あの世から呼んだのよ」

「いや、背中に刺し疵《きず》があったっていうぜ。女……。あの旦那のことだ」

噂は憶測を乗せて語られ、夕刻前には芝にも三田にもながれていた。

舞は口のあたりがウズウズする。

（あれは、夢の中の出来事だ）

寅治郎は何度も目で制した。

鳴海屋の番頭が大和屋に丁稚をつれて顔を見せたのは、その二日後であった。香典返しの品の買い付けだった。

「手代を千住に走らせ、ご新造さまに急遽《きゅうきょ》お帰りいただき、喪主を務めていただくのに間に合いました」

番頭は言う。箕之助よりも志江がつないだ。

「あの日、三行半を書かせずによかったですねえ」

「はい」

番頭の返事は明るかった。

その日の夕刻、蓬萊屋の仁兵衛は八丁堀に呼ばれ、与力と一献かたむけていた。

「市井《しせい》にある者の手とは恐ろしいものよ。奉行所の手が届かぬところまで快《こころよ》く掻《か》けるのだからのう」

「はい。そのようで」

「ふむ。どのような者か、一度会ってみたいものだ。おぬし、献残屋ならなにか心当たりはあろうかのう。申してみよ」

「滅相もございませぬ。手前どもはただ、余剰の品を世に循環させていただくのみでございますれば」

仁兵衛は顔の前で手をひらひらと振った。

「ははは、案ずるな。品川宿も奉行所の手の届かぬところ。それにしても鈴ケ森を選んだとは、憎いのう」

与力は上機嫌だった。

仁兵衛も窪んだ双眸をいっそう小さく細めた。分家の大和屋が、商域をさらに広めたことを喜んでいる。

明日は、志江と鳴海屋の新造が大井宿へ向かうことになっている。十五両がさらに増え、二十両になっていた。新造は言っていた。

「あたくしが鳴海屋のあるじですから」

寅治郎蘇生

一

「もう、身の縮《ちぢ》む思いですよ。来る日も、来る日も、見張っていなきゃならないんだから」

如月《きさらぎ》（二月）に入り初午《はつうま》も終わったとあっては、海辺から吹いてくる風も柔らかみを帯びている。大和屋《やまとや》の居間でも、卓袱台に掛けていた炬燵《こたつ》用の蒲団《ふとん》はとっくにかたづけていた。弥生《やよい》（三月）の足音が聞こえてきているのだ。

「おエンちゃんのことで頭が一杯だったときが懐かしい」

その日も舞が大和屋に立ち寄ったのは、西の空にようやく陽が落ちかけた時分だった。田町八丁目の腰掛茶屋では、日向寅治郎もようやく街道から視線をはずし、帰り支度に入ったことだろう。

「ねえ、おまえさま。なんとかなりませんか」

「そうは言っても。ともかく、留さんがいま近くの車町《くるままち》に出ているから、その間はひとまず安心もできるのだが」

志江に返した箕之助の言葉も、いまひとつ歯切れが悪かった。

車町は街道筋の町家で田町九丁目のすぐ南だから、舞が出ている田町八丁目からはきわめて近い。舞が大声を上げて騒ぎ立てれば、留吉が「スワ、来たかっ」と手斧《ちょう》を振りかざし駈けつけられる距離だ。そのときは三田三丁目で火を消しとめた仲間たちも「どうしたっ」と一緒に走ってくれるだろう。だが瞬時に対手《あいて》が刀を抜いた場合、間に合わないかもしれない。

つい先日、留吉が三田二丁目の普請《ふしん》を終え、車町での新普請に入ったとき、

「――ま、いないよりマシだけど。そのときになればあたし、茶碗でも鍋《なべ》でもなんでも投げつけて時間稼ぎする。まわりのお仲間も、旦那のためならきっと加勢してくれるから」

舞は言っていた。

「――ははは。街道で女どもが一斉に騒ぎ出しゃあ、こいつは見物《みもの》だぜ」

留吉は笑いながら返したが目は真剣で、そのまま言葉をつづけたものだった。

「――それよりもよ、ともかくなんとかしなきゃ……。そうでなきゃあいつまでもこの状態が」

つづくことになる。

だが、事が日向寅治郎の身上のこととなれば、箕之助や留吉、それに志江や舞たちでは如何ともしがたい。しかも問題が武士たる作法の範疇《はんちゅう》にあるとなれば、なおさら手は出せないのだ。以前、箕之助が蓬萊屋に出向いて事情を話したとき、仁兵衛も「うーん」と腕を組むばかりだった。忙しかった初午の時期をすぎ、時間的な余裕ができるとなおさらこの事態が眼前にチラつき、箕之助たちの身に大きくのしかかってくるのである。

「――田町の街道筋が平穏無事なのは、まったく日向さまのおかげだ」

「――そうよ。いつまでもいて欲しい」

田町の街道筋の茶屋で、あるじたちや茶汲み女たちから聞かぬ日はない。田町七丁目から九丁目にならぶいずれかの茶屋の縁台に腰掛け、常に街道へ目を凝らしている日向寅治郎の姿は、それだけで雲助や不逞《ふてい》の輩《やから》を黙らせる威力がある。だが、寅治郎の日常は奇異にも映る。ときには手を抜き、範囲内の座敷茶屋に上がってごろりと横になっていてもよさそうなものだが、周《まわ》りがそれを勧めても応じず、街道のながれから片時も目を離そうとしないのである。

「――日向の旦那、ひょっとしたら敵《かたき》を找《さが》しておいでなのでは」

「――だから、あのような浪人姿で」

茶汲み女たちが噂するのも自然なことであった。もちろん箕之助も志江も、それにおなじ裏店《うらだな》に塒《ねぐら》を構えている留吉や舞もそう思った。

ところが以前からの浪人仲間で、ときおり田町に寅治郎を訪ねてくる不破数右衛門《ふわかずえもん》が、代わりに用心棒の席に座ったとき、

『寅《とら》に頼まれてのう。街道から片時も目が離せんわい』

と、舞に言ったのがきっかけになり、大和屋の居間で箕之助たちは寅治郎を質《ただ》した。去年の神無月（十月）のことである。驚愕であった。内容は、噂や推測とは逆だったのだ。

寅治郎はそのとき言ったものだった。

『ひとたび武士が敵《かたき》を追わねばならぬ身となれば、対手《あいて》を討ち果たすまでは帰参を許されず、ただ十年、二十年と各地をさまよい、身も心もすり減らし、やがてはいずれかの地で人からも忘れ去られ、朽ち果てるかもしれぬのよ』

志江は返した。

『惨《むご》いものでございますねえ、お武家の世界とは』

だからである。寅治郎は言ったのだ。

『その蟻《あり》地獄から、一日も早う救ってやろうと思うてのう。俺は毎日その者が街道を通らぬかと、找《さが》しておるのよ。この身をさらして』

なんと、寅治郎のほうが敵持《かたきも》ちだったのだ。しかも、みずから率先して討たれようとしている。そのために、いつ通るか、あるいは通らぬかもしれぬ対手を見落とさぬよう、日がな一日街道に目を注いでいたのだ。

箕之助たちには理解できなかった。理解できるできないよりも、現実がそうなのだ。ならば最善の方法は、

(日向さまより先にその対手を見つけ出し、なんらかの措置を)

もちろん考えた。しかし、雲をつかむより難しい話である。寅治郎は自分が敵持ちに至った経緯《いきさつ》も、もちろん自分を敵として找しているのがどのような人物なのかも話していないし、話そうともしない。分かっていることといえば、ときおり感じる言葉の訛《なま》りから、赤穂浪人である不破数右衛門に近い、西国の出ということだけであった。

だから立て得る策といえば、昼間は街道でいつも一緒にいる舞が、

「──そのときが来れば、あたしが騒ぎに騒ぎまくって」

敵討ちの場を混乱に陥《おちい》らせ、その場での決着を流してしまうことだけなのだ。もちろんそれがその場しのぎでしかないことは分かっている。

だが、なんとかなるかもしれない事態が発生した。といっても、箕之助たちがすぐさまそれと気がついたわけではない。舞がいつものように大和屋の居間に上がりこみ、

「きょうも日向の旦那、街道を一日中見つめていた」

心配げに話し、

「でも、舞ちゃんだけが頼りなんだから」

と、志江が台所の火を居間の行灯《あんどん》に移したときだった。訪《おとな》いの声を入れるよりもさきに、

「どうもみょうだぜ」

言いながら、留吉が玄関の腰高障子を開けたのだ。帰りの道すがら、ずっと首をひねっていたのだろう。まだ手燭《てしょく》を持って玄関まで出なくてもいいほどの明るさはある。留吉は甲懸《こうがけ》の紐《ひも》をほどき、居間に入ってきた。

「みょうって、なにがだね」

箕之助が顔を上げて言ったのへ、

「あれ？　日向の旦那は一緒じゃなかったの」

舞の声が重なった。車町からの帰りには当然田町の街道筋を通る。その新しい普請場に出るようになってからは、まだ茶屋の縁台に座って街道を見つめている寅治郎に、

「――旦那ア。通りはもう馬子か大八車だけですぜ。さあ、帰りやしょう」

と、急《せ》かすように声をかけ、いつも一緒に帰ってきていたのだ。

「きょうも俺が声をかけようとしたところへよ、ありゃあどう見たって尋常じゃなかったぜ」

腰を下ろしながら留吉は言う。

「だから、何がなんです？」

志江がそれほどの興味を持ったようすもなく、急須で留吉の湯呑みに茶を淹《い》れはじめた。

「日向の旦那に珍しいお客があって、それが誰だと思いやすね」

「ンもう、みょうなら何がみょうって早くはっきりと。まさか不破さまが来たって

言うんじゃないでしょうねえ。あのお方ならいつでもみょうよ」

　舞がじれったそうに言ったのへ留吉は、

「うるせえ。不破さまならわざわざ珍しいなんて言うかい。お出《い》でなすったのは、高田郡兵衛《たかだぐんべえ》さまだ」

「えっ」

　箕之助は驚き、志江もまだ手に持っていた急須を落としそうになった。

「どういうこと!?」

　舞も留吉の顔をのぞきこんだ。部屋には外からの明かりはなくなり、行灯の灯りばかりとなっていた。すでに夕飯は終わり、いま卓袱台にあるのはお茶だけである。それを一口すすり、留吉は語りはじめた。

　舞が帰ったあとだった。陽が落ちかけたころ、寅治郎はどこの縁台かと探しながら街道を急いでいた留吉の目に、向かい側から歩いてくる深網笠《ふかあみがさ》の武士の姿が入った。不破数右衛門ではない。数右衛門なら浪人姿で寅治郎と背格好も似ており、深編笠をかぶっていてもすぐ分かるはずだ。それは歴とした身なりの武士だった。

（――あれ？）

　と、留吉が思ったのは、武士のほうから留吉に気づいたのか避けるように深網笠の前を下へ引き、身をかわす仕草をしたからである。そのすぐ近くの茶屋の縁台に寅治郎は座っていた。

「――おう、そなた。高田どのではないか」

寅治郎が気づいて腰を上げ、郡兵衛に歩み寄った。その声を聞き、留吉もそれが赤穂浪人の高田郡兵衛と分かり、

「――これは高田さま、お珍しい。お一人ですかい」

駈け寄った。だが郡兵衛は留吉へわざと無視するように背を向け、寅治郎に向かって深編笠の前を少し上げて顔を見せ、すぐ元に戻した。なにやら合図を送ったのか、寅治郎は頷きを見せ、

「――留吉、きょうはさきに帰っていてくれ。俺は遅くなるかもしれんでのう」

言ったときの表情は、

「そう、凄《すご》みがありやしたよ」

「ふーむ」

薄暗い行灯の灯りの中に留吉は真剣な表情をつくり、頷きを入れた箕之助に、

「おまえさま」

志江が心配げな声をかければ、

「まさか、また……」

舞も視線を箕之助に向けた。

箕之助の脳裡には、二重、三重の不安が込み上げてきた。

浅野内匠頭の切腹以来、高ぶった感情のまま走ろうとする数右衛門を腕ずくで諫《いさ》め、堀部安兵衛《ほりべやすべえ》や高田郡兵衛、片岡源五右衛門《かたおかげんごえもん》ら江戸在住の急進派が過激な動きを見せたときも寅治郎はそのつど前面に立ちはだかり、ことごとく動きを押さえこんできたのだ。だが、数右衛門や安兵衛ら急進派は寅治郎を恨まなかった。むしろ感謝した。

『軽挙妄動などで大儀は成らぬぞよ！』

叫ぶ日向寅治郎の真意が、赤穂浪人たちに晴れて本懐を遂げさせたい一心から出ているこことを、数右衛門はむろん安兵衛たちも解したからである。

それに、いつもなら箕之助が商いの上でつい奥向きに踏み入って許せぬ悪徳に遭遇したとき、おエンのときもそうだったように寅治郎が箕之助への助っ人役になっていた。だが、赤穂浪人の軽挙を抑えるときには寅治郎が先頭に立ち、箕之助や留吉それに志江や舞までもが重要な脇役を担ってきたのである。蓬萊屋の仁兵衛がその一翼を担ったこともある。そのなかには安兵衛や郡兵衛、源五右衛門らと直接対《たい》峙《じ》したこともあり、当然面識はあるのだ。

その高田郡兵衛が留吉を故意に避け、しかも寅治郎を訪ねて来たのが、顔の見分けもつかなくなる日の入り時分とあっては、留吉ばかりか周囲の人目も避けていたことになる。急進派の妄動がことごとく中途で終わり、浪士らがようやく大石一統の下に結束を見せてきたというのに、

（また動き出したか）

留吉が真剣な表情になり、志江や舞が危惧を抱くのは自然であった。

だが、箕之助の危惧はそこにとどまらなかった。訪ねて来たのが、浅野家断絶の前から浪人で寅治郎とも昵懇《じっこん》であった不破数右衛門ではなく、これまで一度も単独で語り合ったことのない高田郡兵衛であることが、箕之助には解せなかったのである。だから留吉まで、直感するものがあって開口一番〝みょう〟などと言ったのであろう。

（ご一統のなかに、なにやら予期せぬ事態が）

思えてきたのだ。

心当たりはある。しかもつい最近、昨年暮れだった。

「――どうやら、高田郡兵衛が脱盟したらしい」

寅治郎が箕之助にポツリと言ったのだ。数右衛門が年の瀬に訪ねてきて、憤懣を抑えながら寅治郎に話したというのだ。そのときは寅治郎も詳しい経緯は聞かなかったらしく、箕之助も、

（まさか）

思っただけで、おりしも発生した泉岳寺門前の連続付け火事件に気をとられ、顔しか知らなかった高田郡兵衛の件は脳裡から去っていたのである。

しかし、寅治郎はそうではあるまい。常に胸のどこかにあったはずである。だから不意に郡兵衛が訪ねて来たのへ、留吉にも分かるほど〝凄み〟のある表情になったのであろう。

「うーむ」

ふたたび箕之助は考えこむように呻《うめ》き、

「日向さまは帰りに寄られるかもしれない。このまま待ってみよう」

言ったのへ留吉も舞も頷いた。

だがその夜、木戸が閉まるころになっても寅治郎が大和屋の玄関に訪いを入れることはなかった。高田郡兵衛といずれかで話しこんだあと、そのまま芝二丁目の塒《ねぐら》に帰ったのであろう。

二

早朝はまだ冷えこみを感じる。

「日向の旦那、ちゃんと帰ってた。まだ部屋にいるみたいだけど。あとは兄《あに》さんが」

舞は大和屋の前で立ちどまり、竹箒でおもてを掃く志江に言った。

「じゃあ、きょう帰りにはきっと」

志江は手をとめ、田町へ向かう舞を見送った。

日の出とともに清々《すがすが》しいぬくもりに包まれるのを感じる。すでに箕之助は帳場格子に出ていた。朝日の射すおもてに注意を払うまでもなく、

「お早うござい」

留吉のほうから玄関に入ってきた。いつもなら寅治郎と一緒なのに、きょうは一人だった。

「まだ部屋に寝ていたのを叩き起こしてね。ちゃんと言っておきやしたよ」

昨夜、四人で話し合ったのだ。

「——捨てておけない。あしたはきっと日向さまをここへ」

箕之助が言い、舞も留吉も大きく頷いていた。

「で、どうだった」

「うむって。きょう帰り、あっしがもう一度声をかけまさあ」

帳場格子の中で腰を上げた箕之助に留吉は返し、街道のほうへ向かった。道具箱は普請場に置いているのであろう。甲懸の紐を結び印半纏を三尺帯で締め、職人姿で手ぶらでは格好がつかないのか、肩にひょいと手斧を引っかけている。それがまたまっとうな生活《たつき》の証《あかし》で、いなせに見える。いつも悪態をついている舞も、兄のこの姿は茶屋の仲間たちには自慢のようだ。

箕之助は直接寅治郎に念を押しておこうと、玄関の腰高障子を開け帳場格子の中からおもてに気を配っていたが、陽が昇ってからも寅治郎は大和屋の前を通らなかった。別の道から街道へ出たようだ。

陽の動きが遅く感じられる。

「あの方々、もう待ちきれなくなったのでは。そういえば来月十四日は、内匠頭《たくみのかみ》さまの一周忌ですよねえ」

帳場格子の中に座っている箕之助に志江は台所から出てきて言うが、

「うむ」

箕之助は考えこむように頷くだけだった。高田郡兵衛がわざわざ訪ねて来たというのは、

(ご一統になにやら予期せぬ動き)

よりも、

(まさか、日向さまのご一身上に……。飛躍かもしれないが……)

思いながらも、胸騒ぎを感じるのである。根拠はない。強《し》いていえば、留吉が感じた寅治郎の〝凄み〟である。胸の中で、箕之助は何度も否定したが、やはり飛躍した懸念を消すことは出来なかった。

「ンもう、旦那ったらア」

田町八丁目の腰掛茶屋で、舞は容《かたち》のいい鼻を膨らませていた。かたわらからなにを訊《き》いても問いかけても、寅治郎は「ふむ」「うむ」と返すのみで、会話が成り立たなかったのだ。その一方で、

(以前よりも、目を皿のようにして)

舞は感じとっていた。寅治郎の往来人を見つめる目が、そう見えたのだ。

夕刻が近づいた。

「ねえねえ。きょうの旦那ったら、いつもより思いつめた顔で凝《じ》っと」

大和屋の玄関に上がった舞はさっそく報告するように話した。寅治郎が街道ばかり見つめているのはいつものことだが、きょうは特にそれが強く感じられたらしいのだ。

「やはり」

箕之助は返した。

寅治郎が来たのは、ちょうど陽が沈んだころだった。舞に言われたせいか、いつもより早い時刻だ。卓袱台の前に腰を据えてからも、舞の話したとおり、寅治郎は志江が応対に戸惑うほど無口だった。

「おっ、来てなさるね。さっき街道筋で旦那はもうお帰りって聞いたから心配してたが、よかった」

留吉が声を入れたのも、いつもより早い時分だった。玄関の三和土《たたき》に、舞の下駄と寅治郎の草履《ぞうり》を確認したのだろう。上がり框《かまち》に腰を下ろし、甲懸の紐を解きはじめた。

「きのう、高田郡兵衛が俺を訪ねてきたのは、留吉から聞いたと思うが」

寅治郎が話しだしたのは、志江と舞が用意した熱燗と簡単な肴《さかな》が卓袱台の上にならび、一口喉に通してからであった。

「それそれ、旦那。きのうからずっと気になっていたんでさあ。だのにきょうは朝から訊く機会もなくってよう。いってえあれは」

留吉が熱燗の湯呑みを手にしたまま身を乗り出したのへ、

「留さん」

箕之助が制し、どうぞお話をと寅治郎に手で示した。志江も舞いも頷いている。寅治郎がゆっくり話す機会をつくったのだ。

「つまり、それを聞きたくてよ」

留吉はバツが悪そうに上体をもとに戻し、湯呑みを口にあてた。寅治郎はふたたび話しはじめた。

「郡兵衛め、とっくに大石どのや堀部どのの一統から脱盟しておってのう」

「えっ」

留吉がまた声を上げた。その高田郡兵衛がきのう夕刻、寅治郎を訪ねて来ていたのだ。寅治郎の脳裡は、すでに数右衛門から聞いた話と郡兵衛の語った内容とを一本の線にまとめていた。

去年の暮れだったらしい。不意に不破数右衛門や片岡源五右衛門ら同志らとの交わり絶ち、両国薬研堀《やげんぼり》の堀部弥兵衛、安兵衛の浪宅《ろうたく》にも姿を現さなくなり、おかしいと一統が感じていたところへ、高田郡兵衛がフラリと姿を見せたのは、すでにあたりが暗くなってからであったらしい。江戸では堀部弥兵衛が浪士の束《たば》ねとなり、浪宅を置く両国薬研堀が一統の本営となっている。安兵衛が「上がれ」というのに郡兵衛は、

「——いや、ここでいい。ここで」

三和土に立ったまま、

「——安兵衛！　実はのう、実は……」

顔面蒼白になり、切り出したという。安兵衛は郡兵衛が本営の敷居をまたいだときから用件を直感し、最後まで理由《わけ》を聞こうともせず、

「——去《い》ね！　俺が刀を抜く前にだ。もはや、おぬしと会うことはあるまい」

追い立てるように締め出したという。老齢の弥兵衛が言うには、安兵衛はそのあと、独《ひと》り近くの煮売り酒屋でこれまでなかったほど大酒を浴び、帰宅したのは深夜だったらしい。

「あ、ちょっと待ってください」

志江が口を入れ、台所へ立って行灯に火を入れた。暗くなっていた部屋に明かりが戻った。そのなかに、

「あの旦那が！」

留吉は絶句の態《てい》になっていた。箕之助もかねて予想していたことだが、聞けばやはり衝撃なのか、

「固いお方ほど、脆《もろ》いのでしょうか」

「そうかもしれぬ」

ポツリと言ったのへ、寅治郎は短くつないだ。

（話はそれだけか）

箕之助は感じた。高田郡兵衛がわざわざ赤穂浪人ではない寅治郎にそれを伝えに来たというのは尋常ではない。ほかに、なにか理由があるはずだ。

「それで、高田さまは日向さまへなにかをお頼みに？」

箕之助は誘い水を入れた。

「それよ」

寅治郎は応じた。

「せめて江戸在住の同志一人ひとりを訪ね、理由を話したいのだが誰にとて会わせ

る顔はなく」

「そりゃあそうだろう。高田の旦那、その場で殺されまさあ」

留吉がまた口を入れたのへ箕之助が制し、

「だから、俺から数右《かずえ》に伝えてくれぬかと……」

寅治郎はつづけ、そこで言葉をつぐんだ。

(日向の旦那、なにかまだ話したいことがおありだ)

つい奥に目が向く献残屋の勘であろうか、箕之助には感じられた。他人《ひと》になにかを頼むとき、動くのは礼物である。頼む相手とこれまで行き来が少なければ少ないほど、また頼む内容が大きければ大きいほど、礼物の中身は大きくならなければならない。ここではそれが、なにやら大きな話となるはずだ。郡兵衛にすれば、脱盟について一人でも理解者が欲しいところであろう。郡兵衛がこれまで急進派中の急進派であったればこそ、その思いはさらに強いはずだ。郡兵衛は昨夜、それを寅治郎に語っていた。闘争に疲れたからでも、まして怖気《おじけ》づいたからなどでもない。

郡兵衛には旗本の伯父《おじ》がいた。徳川直参《じきさん》である。だが独身で子供がいなかった。浅野家断絶を機に、伯父は甥《おい》の郡兵衛に持ちかけた。養子になれというのである。

郡兵衛は槍の達人であり、気力に遜色《そんしょく》はない。旗本の養嗣子《ようしし》になれば、やがては家督を相続して旗本への道が約束される。しかし郡兵衛は断った。伯父は何故《なにゆえ》だと幾度も迫り、やむなく郡兵衛は理由を話した。大望があるからだ……と。亡き殿の仇を報じ、吉良上野介《きらこうずけのすけ》を討つ。幕臣にとっては、とんでもない話である。伯父はさらに迫った。

「――もし養子に来ぬというのなら、その企《くわだ》てをお上に訴え出るぞ」

徒党を組むことはご法度《はっと》である。一統の思いは頓挫する。郡兵衛は悩んだ。

「――それで、やむなく」

養子入りに応じたと、

「やつめ、身を震わせおってのう」

ならばなおさらである。歴とした理由はある。いっそう同志一統に分かってもらいたい。だからだ。一統の外にある日向寅治郎と語らうのに、

(高田さまはどんなものを用意された)

寅治郎の気を、ことさら引くものでなければならない。そうでなければ寅治郎は一統に代わり、その場で鉄扇を高田郡兵衛に打ち込んでいたかもしれない。逆に怒るでもなく、寅治郎は無口になったのである。

つぎの言葉を待つように、箕之助は寅治郎を見つめた。

寅治郎は話した。

「その旗本は、四ツ谷御門内の番町《ばんちょう》に住んでおってのう」

高田郡兵衛が養子入りした旗本である。江戸城を囲む外濠《そとぼり》の内側で、浪人は出入りできない城内の武家地である。

そこで郡兵衛は屋敷に出入りの職人から、四ツ谷御門外の町家で上方訛《かみがたなまり》の浪人が手習い処を開いていると聞き、もしや赤穂ゆかりの者かと思い手土産を持って会いに行ったという。

「赤穂浪人ではなく、姫路藩本多家の浪人だったそうな」

寅治郎は淡々とした口調で言う。箕之助も志江も、留吉も舞も、寅治郎がなにを語りだしたのかと怪訝《けげん》な表情になった。その口調はさらにつづいた。

「赤穂藩と姫路藩はおなじ播州でも隣藩同士でのう、人の行き来も多い。そこで面識がなくともつい懐かしく、二人は一献かたむけながら話しこんだそうな。気持ちは分かる。俺が浪々の身で、江戸で不破数右衛門と知り合ったときもそうだったからなあ」

不破数右衛門が浪人となり、江戸へ出てきたのは内匠頭切腹の四年前であり、そこでさらに以前から浪人であった日向寅治郎と知り合い、意気投合して浪人暮らしの手ほどきを受けたのが寅治郎だったのだ。

「それなら、日向さまは姫路藩本多家のご家中だったのですか」

「さよう」

志江が問いを入れたのへ、寅治郎は軽く頷いた。上方とは分かっていたが、初めて聞く寅治郎の禄を食《は》んでいた藩名である。留吉や舞はみょうに納得したような顔になっているが、箕之助の胸中には徐々に悪い予感が込み上げてきていた。

「四ツ谷御門外で二人が酌み交わすなかに、その者が、浪人というよりも仇討ちの途上にあって、藩を離れていると語ったそうな」

二人の話がそこに至ったのは、自然の流れだったのかもしれない。高田郡兵衛は自分が赤穂藩浅野家の家臣であったことを、その者に話したはずである。元赤穂藩士が吉良上野介を敵《かたき》として狙っているであろうことは、巷間《こうかん》に噂されているのだ。箕之助はドキリとした。志江はもちろん、ようやく留吉も舞も息を呑んだ。寅治郎はつづけた。

「その本多家家臣の口から、俺の名が出たのだ」

「そそ、な、そんなら、旦那が討たれようとして找《さが》してる相手とは！」

「いかにも。その者だった」

刹那《せつな》、座の空気は凍りついた。どの湯呑みからも熱燗の湯気は失せている。そこにながれた沈黙を、

「高田郡兵衛さまは日向さまのことを、その本多家ご家臣に」

箕之助の低い声が破った。志江らは寅治郎を見つめ、固唾《かたず》を呑んだ。寅治郎の口が開いた。

「だからだ。高田どのは驚愕したのをその者に悟られまいと手習い処を早々に切り上げ、その足で田町にきて、それできのう、あのような夕刻の時分になってしまったという次第だったのだ」

「うーん」

留吉が呻《うめ》いた。郡兵衛がきのう留吉を避けた理由の一端が、分かったような気になったのだ。もちろん脱盟への恥を知ってのこともあったろうが、寅治郎が敵持ちであったことを周囲に伏せねばならないとの意志のあらわれであったのだろう。留吉たちがとっくにそれを知り、ずっと焦っていたことなど、郡兵衛のまったく知らないことなのだ。

「――その者はのう、手習い処の師匠にどっぷり浸かり、敵を求めて江戸中を徘徊しているようでもなかった。なれどおぬし、田町も四ツ谷もおなじ江戸の内だ。身

の処し方を……」

それが手土産代わりだったのかそれとも本題のつもりだったのか、昨夜は二人ですっかり話しこんでしまったというのである。

「高田さまは一統を抜けられても、やはりお侍であることに、変わりはなかったのですねえ」

志江が静かに言い、

「そのようだ」

寅治郎は返した。留吉も舞も頷いていた。郡兵衛の口から、日向寅治郎の所在はその者に洩れてはいないのだ。それよりも、寅治郎の身を気遣っている。さきほどから卓袱台の上の湯呑みがまったく動いていない。

箕之助が言った。

「日向さま。ここまで来ましたからには、聞きとうございます。日向さまが敵持ちになられた経緯《いきさつ》を。それ相応の理由《わけ》がおありと思います」

これまで幾度訊《き》こうとしたことか。その機会が、いま来たのである。

卓袱台の上が動いた。

「あ、いま温めなおしてきます」

「あたしも」

志江と舞が冷めた徳利を持ち、台所に立った。

火もあり、湯も沸いている。すぐだった。だが、居間には長い沈黙がながれたように感じられた。

ふたたび行灯の炎が揺れ、それぞれの湯呑みからも湯気が立った。

「ふむ。今宵の酒は格別の味がするのう」

寅治郎はいくぶん落とした声で言い、口に運んだ。

「もう、十年も前になろうか。忘れはせぬ」

話しはじめた。

卓袱台の上の動きはふたたびとまった。

三

日向寅治郎は播州姫路藩本多家十五万石の馬廻役《うままわりやく》として禄を食んでいた。藩の戦闘集団であり、城内の練成館では免許皆伝の腕前をとり、練兵を意味する狩では抜群の動きを見せる寅治郎には相応《ふさわ》しい役向きといえた。まだ二十代半《なか》ばで将来を嘱望され、嫁を迎える日取りも決まっていた。幼いころからの馴染みで、長じて互いに想い合うようになった相手だった。この時代、しかも武士の社会で想い合った二人が結ばれるなど珍しいことであり、

「――なんとも仕合わせ者よ」

と、少なからず評判になっていた。

そのような一日、城内での宿直《とのい》が明けた日であった。役目を終え、下城のため朝日を浴びながら石段を下り、大手門に向かった。出仕してきた藩士とすれ違い、互いに挨拶を交わす。城門の内外で見られる毎日の光景である。大手門の外に屋敷から中間《ちゅうげん》が二人、挟み箱を持って迎えに来ていた。これも格式によって人数が決められている、いつもの光景だ。ところがこの日、迎えの人数が倍になっていた。許婚者《いいなずけ》が女中を従え、一緒に来ていたのだ。白鷺城《しらさぎじょう》の名にふさわしいお城の白壁が朝日を受け、濠《ほり》の水面《みなも》が石垣にまで光線を照り返している。

「おおう、これは、これは。一休みしてから伺おうと思っておったのだが」

「それよりも、屋敷《うち》で熱いものを用意いたしておりますれば」

許婚者は女中ともども深く辞儀をする。

そこへ中間三人を従えた勘定方《かんじょうがた》の藩士が通りかかった。これから出仕である。

「ほう、さすがは馬廻役の寅治郎よ。日ごろの言動にふさわしく、下城にも二丁《にちょう》櫛《ぐし》のお出迎えか。重畳《ちょうじょう》、重畳」

その言葉にすぐ近くを歩いていた者は笑い、許婚者は女中ともども戸惑いの態《てい》になり、寅治郎を迎えにきた中間も、

「旦那さまっ」

緊張の姿勢をとった。

寅治郎はさらにそうであった。

「むむっ」

両足に力が入り、腰が自然に落ちた。抜刀の構えである。

寅治郎は常に言っていた。

『たとえ太平の世であっても、常に変事に備えおくのが武士の習い』

姫路藩にあっても遊芸に熱を入れる藩士が多くなったなかに、その言動を煙たがる者は少なくなかった。

『男が鼓《つづみ》を打ち、刀よりも舞扇《まいおうぎ》を持つなど反吐《へど》が出るわい』

などと言うにいたっては、反感を持つ者さえいた。

とくに、いま寅治郎に嘲笑の声を浴びせた勘定方の藩士は小唄を好み、宴席では

目立つ存在であった。数年前、いまの寅治郎の許婚者の屋敷に縁組を申し入れ、断られたとの噂がながれたこともある。その屋敷と寅治郎の屋敷との縁組が進みだしたのは、そのあとすぐのことであった。

「二丁櫛とな！」

寅治郎は低く言い、勘定方の藩士を睨み据えた。二丁櫛とは、一丁は自分用で、もう一丁は頼まれて首実検の髪を梳《す》くためのものであり、戦乱の世に二丁の櫛を持ち、移動する戦闘集団に付き従った女たちを指す言葉である。つまり、戦国の世に軍団とともに各地を移動した遊女たちのことである。

「ふさわしいではないか、おぬしにはのう」

勘定方の藩士は再度言った。禄高は寅治郎の屋敷より高く、それを笠に着た物言いであった。

「ふふふ」

その藩士が寅治郎の許婚者の腰に視線を投げ、卑猥《ひわい》な含み笑いを洩らした。

一呼吸の間もなかった。聞こえた。

「許さん！」

朝日に光った。若い寅治郎の腰から鞘走《さやばし》った刀は勘定方藩士の胸元に伸び、

「ンガーッ」

斬り上げた切っ先は血潮を引き、上段で返した刃《やいば》は間を置かず下段に走って首筋から胸元をさらに大きく裂き、切っ先が地を叩く寸前にとまった。勘定方藩士の身は、首から胸に吹き出す血飛沫《ちしぶき》の勢いか、後方へ倒れるように吹き飛び、地に崩れたときにはもはや全身の動きを失っていた。この瞬間に寅治郎は、理由の如何《いかん》を問わず敵持ちとなった。

女中の悲鳴に、

「寅治郎さまっ、逃げてくださいっ。あたくしも！」

許婚者の叫びが重なった。

「許せ！」

寅治郎は走った。出奔《しゅっぽん》である。

「——許婚者を女郎呼ばわりされたのだ。刀を抜いて当然だわい」

「——馬廻役と勘定方とでは勝負にならん。まして寅治郎の抜き打ちを受けたのではなあ」

ながれた藩内の噂は寅治郎に好意的なものであった。

だが、武家には武家の掟《おきて》がある。斃《たお》された勘定方の屋敷では、狼狽《ろうばい》のなかに部屋住みであった弟を敵討ちへ立たせることに決め、その者は藩に暇願《いとまねが》いを出さなければならなかった。受理された。しかし対手が日向寅治郎では腕に自信がなく、覚えのある叔父が一人付き添うことになった。

許婚者が女郎呼ばわりされたことを恥とし、自害したとの噂を寅治郎が耳にしたのは、大坂に潜伏しているときであった。寅治郎は泣いた。自分の身を姫路の近くにとどめておく絆《きずな》はなくなった。江戸へ出た。

追う側も悲惨である。藩への暇願いとは、即領内立ち退き意味する。身辺の不祥事をみずから処理できぬようでは武士とは言えない。これが武家の根本であってみれば、敵を討ち果たすまで帰参は許されず、当然家督も継げないのが不文律となっている。畿内《きない》の各地を彷徨《さまよ》っているうちに付き添いの叔父は姫路に帰ってしまい、一人になった部屋住みの弟は江戸に出た。

寅治郎はそれを予期していた。江戸の市井《しせい》に隠れて棲《す》むなかに、自分の来《こ》し方《かた》を幾度も振り返った。

『変事に備えておくのが武士』

その気風は周囲のどこにも見られない。戦国の世ははるかな昔となり、自分が討ち果たした勘定方藩士に似た姿のほうが、武士の棟梁たる徳川家の旗本においても常態となっている。しかし、武士であることの不文律だけは残っているのである。そのようななかに、武士であった者がひとたび敵持ちとなれば、たとえ自分が大小を捨てようともそれは消えない。死ぬまで、追っ手は来る。その身は、ただ追っ手から逃れようとする人生しか選択肢はないのである。追う側も年月をかけ尾羽《おはう》打ち枯らそうとも、討ち果たさねばもとの武士に戻ることはできない。その過程のなかに、いずれ異土の野辺か旅籠の隅で一生を終えるかもしれない。その公算はきわめて高いのである。

(悲惨だ)

寅治郎は思った。自分よりも、自分を找し求めているであろう相手に対してである。自分が太平の世に逆らい、武士の気概を吹聴しておらねば、勘定方の藩士とてあの日、自分をからかわなかったかもしれない。

(ならば、討たれてやるのも道か)

みずからの置かれた人生に選択肢を一つ付け加え、その意の固まりはじめたころに、傘張り浪人から田町での街道の用心棒はどうかとの口がかかったのである。寅治郎の日々は充実した。目的を持ったのだ。

「だから、日向さまは、赤穂のご一統に……」

「自分ではうまく説明できんが、そうかもしれぬ。俺の裏返しのようなものだからなあ」

不破数右衛門や堀部安兵衛らが、本懐のため命を賭《と》していることを、箕之助はむろん留吉も志江も舞も解している。箕之助の問いに、寅治郎は静かに応えた。

卓袱台の上の湯呑みが動いた。湯気は消えている。

「そんな、そんなことって」

「そうよ。俺っちがひとっ走り四ツ谷へ行って!」

舞の悲鳴に近い声に留吉が腰を上げ、行灯の薄暗いなかに背後を手で探った。いつも持ち歩いている手斧をつかもうとしたのだ。

「留吉さん!」

志江が叱声《しっせい》を吐いた。

「へえ」

留吉はいまが夜であり、四ツ谷までは無理なことに気づいたのか、

「でもよ」

未練げに半纏に三尺帯の腰をもとに戻した。行灯の炎の揺れがとまった。

「日向さま」

箕之助が寅治郎にあらためて視線を向けた。

「いまは目的がおありでございましょう。不破さまや堀部さまが、本懐を遂げられるまでは……」

その次につづく言葉を、志江も留吉も舞も解している。

(日向さまは死ねないはず)

さらにそれがなんらかの手を打つための、時間稼ぎにすぎないことも一同は解している。やがて大石一統の起つ日は来るのである。

当然、いましがた留吉が思い立ったことは、箕之助の脳裡にも浮かんでいた。自分たちだけでは困難かもしれないが、不破数右衛門に助力を求めれば……、さらに高田郡兵衛に相談するのも一考かもしれない。

部屋に、沈黙がながれている。

寅治郎は箕之助の脳裡を見抜いたようだ。

「上杉も吉良も、なかなかのものよ」

湯呑みを口に運び、言った。

「赤穂浪人を一人ひとり抹殺していけば、吉良どののお命は護れよう。だが、武家として命より大事なものを失うことになる。上杉家も吉良家も、それは知っているはずだ」

追っ手をこちらから抹殺することの非を諭《さと》したのだ。

「また熱燗を」

「あたしも」

志江につづき、舞も台所に立った。

四

昨夜、三人が提燈一つで大和屋から芝三丁目の裏店に帰る途中、

「——みょうな小細工はするな」

「——しかし旦那ア」

寅治郎が言ったのへ留吉が反発し、

「——兄さん！」

と、舞が志江とおなじ役割を演じたかもしれない。あるいは、提燈を持つ舞をはさみ、三人はただ黙々と歩を進めただけかもしれない。

翌朝箕之助が、

「じゃあ、行ってくるよ」

大和屋を出たのは、舞が玄関先を通る前であった。まだ薄暗い。

「おまえさま。きょうは、ただ確かめるだけで」

見送りに出た志江が心配げに言う。

「うむ」

箕之助は頷いた。言われるまでもなく、

(なにを、どうすべきか)

箕之助にも分からない。ただ、対手の所在を確かめる。そこから考えも、

(浮かぼうか)

まだその段階である。向かう先は四ツ谷御門前だ。草履《ぞうり》ではなく、草鞋《わらじ》を足に結んでいる。芝三丁目からなら街道を北に向かい、古川にかかる金杉橋を経て増上寺の門前を過ぎたところで西への枝道に折れ、武家地を抜けて江戸城外濠の溜池に出て、そこから濠沿いの往還に赤坂御門前を過ぎ、濠を見ながら四ツ谷御門に至るのが最も近道である。おととい、田町八丁目に寅治郎を訪ねた高田郡兵衛は、田町の札ノ辻から脇街道の三田を経て赤羽橋を渡り、蓬萊屋の前を通って増上寺の裏手か

ら溜池に出たことであろう。

足が金杉橋に近づいたころ、日の出を迎えた。まだ早朝でまばらにしか出ていない人影の向こうから、古川のせせらぎが聞こえてきた。同時に、

（赤羽橋へ）

一瞬思った。いま眼前にある金杉橋の手前を西に折れ、古川沿いの往還をさかのぼれば赤羽橋である。さほど遠まわりにもならない。

（仁兵衛旦那に相談を）

脳裡をかすめたのだ。だが足はまっすぐ進み金杉橋を渡った。仁兵衛も寅治郎が敵持ちで、みずから討たれようとしていることは箕之助から相談を受けて知っている。だが、蓬莱屋でそれを知るのはあるじの仁兵衛だけなのだ。切羽詰ったいま、再度相談し話を広めることになってはならない。

（いよいよとなったときには）

思いながら増上寺門前に歩を進めた。

広大な寺域を迂回するように外濠溜池に向かった。武家屋敷の一帯はゆるやかな上り勾配で、さらに進めば急な坂道になっている。潮見坂《しおみざか》である。思い出される。堀部安兵衛、不破数右衛門、それに高田郡兵衛らが増上寺に向かう梶川与惣兵衛《かじかわよそべえ》を

襲撃しようとしたのを、寅治郎が先頭に立ち箕之助と留吉、それに仁兵衛まで出てきて体を張り阻止したのが、この潮見坂なのだ。殿中で吉良上野介を討とうとした浅野内匠頭を、背後から抱きとめた梶川与惣兵衛を襲撃しようなど、まったくの逆恨みでしかない。だが無理もない。内匠頭切腹より、まだ一月《ひとつき》も経ていないときだった。ただ激昂し、精神は混乱状態だったのだ。

潮見坂を上り切れば視界にひときわ広い外濠が開ける。溜池である。まだ心ノ臓が高鳴っているのは、急な坂道を上ったからではない。あのとき寅治郎が堀部安兵衛と刺し違えるかと、瞬時思った現場を通ったからだ。

江戸城の濠端《ほりばた》は春の装いを帯びはじめている。赤坂御門を経れば、四ツ谷御門はもう近い。

御門内の番町《ばんちょう》には、いまは幕臣の内田姓に苗字を変えた郡兵衛が住んでいる。あれからまだ一年足らずというのに、高田郡兵衛の変遷《へんせん》を思えば、数年以上もの歳月を経てきたように感じられる。

前方に石垣と白壁が枡形《ますがた》に組まれた四ツ谷御門が見えてきた。東海道の金杉橋では昇ったばかりだった太陽が、すでに中天にかかっていた。西から内藤新宿を経て江戸府内に入った甲州街道が、御門のすぐ南で濠沿いの往還に突き当たって丁字路を成し、その甲州街道沿いに町家が形成されている。その一角に、郡兵衛が言った姫路藩浪人の何某《なにがし》が町家の子供たち相手の手習い処を開いているのだ。

郡兵衛は寅治郎にその者の姓名は言わず、所在も話さなかった。ただ〝四ツ谷御門外の町家〟と言っただけである。当然、何某に「日向寅治郎なら知っておるぞ」などと郡兵衛は言っていない。

東海道が走る田町や芝がそうであるように、甲州街道を擁する四ツ谷界隈もけっこう人通りが多い。荷馬も通れば大八車も往来し町駕籠も走っている。

「もうし、この近くで上方訛りのご浪人さんが手習い処を開いておいでと聞いたのですが、ご存じありますまいか」

町の者は、実直そうなお店者に問いかけられれば、知らなくても周囲の者に訊いて教えてくれる。住人のそうした親切心は、四ツ谷も芝も変わりはない。

すぐに分かった。街道から枝道に入った一角にそれはあった。

「ほう、ほうほう。あんたもお子さんを通わせたいのかね。評判いいんだよ、あそこのお師匠は」

教えてくれた住人は言っていた。箕之助の大和屋に似た、小ぢんまりとした一軒家なのが親しみを覚えさせる。借家であろう。軒端《のきば》に〝よろづ献残　大和屋〟ではなく、〝読み書き算盤《そろばん》　教授〟と認《したた》めた木札がぶら下げられている。ゆっくりと前を通った。聞こえる。子供たちの華《はな》やいだ声だ。住人の言ったとおり、評判のいいことはその雰囲気からも分かる。しかし箕之助は、心ノ臓が高鳴るのを抑えられない。いまこの屋内で子供たちに読み書きを教授している浪人者が、日向寅治郎の命を狙っているのだ。

踏みこみたい衝動を堪《こら》えて通り過ぎ、一度角を曲がってから目に入った蕎麦屋の暖簾をくぐった。空腹でもあったし、もちろんその浪人者のようすを訊くためでもある。果たして路上で聞いたのとおなじで評判はよかった。蕎麦屋のあるじも居合わせた客も、やはり子供を通わせたがっている親の一人と箕之助を見たようだ。

「あまり広くない手習い処だから、もう余裕がないかもしれないよ」

「あ、それなら惜しいことしなさったね」

亭主の言葉に奥のほうから顔を出したのはこの屋のおかみさんのようだった。

「さっきご新造さんが来てたから、もうすこし早ければ直接聞けたのにねえ」

「えっ。そのお人、ご内儀が……所帯をお持ちで⁉」

意外だった。

「あれ？　知らなかったのかね。ご内儀なんていうほどじゃねえよ。わしらもよく知っているこの町の娘でさあ」

「そう、あのお師匠、このまま町に住み着いてくれそうで、ありがたいことさね。手習い処だから町のためにもなるしさ」

ふたたび亭主の言葉におかみさんがつづけた。

郡兵衛が寅治郎に、その浪人者を〝手習い処の師匠にどっぷり浸かり、敵を求めて江戸中を徘徊しているようでもなかった〟と言ったのは、

(このことだったのか)

思い当たる節はある。

腹ごしらえを終え、箕之助はおもてに出た。その浪人者が井口祐之進《いぐちゆうのしん》という名で三十がらみであることも聞いた。

ふたたび手習い処の前を通り、街道に出た。足は四ツ谷御門のほうに向いた。郡兵衛にすがる気になったのだ。昨夜、志江が郡兵衛のことを〝やはりお侍〟と言った言葉が、いまさらながらに甦《よみがえ》ってくる。なにか方策が浮かぶかもしれないと思って早朝に出てきた結果、

(思わぬ収穫があった)

胸中に込み上げるものを感じる。対手は妻帯していたのだ。〝江戸中を徘徊して

いない〟ことにも希望が湧いてくる。

外濠から内側の城内は浪人の出入りはご法度だが、商人や職人は勝手往来となっている。一帯は旗本や大名家の生活の場であり、行商や御用聞き、大工、左官らが来なくては日常が成り立たない。だが枡形の石垣門は厳《いかめ》しい。橋を渡ると番所から六尺棒を小脇にした番卒が五、六人、出入りする者に視線を投げている。箕之助は軽く会釈し、歩み寄った。高田郡兵衛が養子入りした旗本が内田姓であることは、郡兵衛自身が寅治郎に話している。

「出入りの献残屋でございます。ちかごろご養子をお迎えになった内田さまのお屋敷はどちらでございましょう」

町の献残屋が武家にとって重宝なものであることは番卒も心得ている。将軍家の奥向きに出入りしている献残屋もあるのだ。

すぐに分かった。箕之助は丁寧に腰を折り、城内に入った。雰囲気は一変する。町家に感じる人の息吹きはなく、ただ広い往還の両脇につづく白壁に高く瓦を葺《ふ》いた重厚な長屋門が、歩を進める者に威圧感を与える。町人が歩けば、自然と前かがみになってしまう。外濠から内濠の城門につづく広い往還を脇道に入り、ときおり歩いている中間にも声をかけ、数度白壁の角を曲がってたどり着いた。

郡兵衛は高禄とも微禄とも言っていなかったが、四、五百石は食《は》んでいようかと思える、重厚な門構えの屋敷だった。裏手の勝手口にまわり、

「芝三丁目から参りました献残屋で、大和屋の箕之助と申します。郡兵衛さまはご在宅でございましょうや」

出てきた中間に訪いを入れると、店の所在が遠いせいであろうか訝《いぶか》しげな顔をしながらも、

「芝から？　ちょっと待っていな」

奥に走り、すぐに出てきた。

「どうぞ、こちらへ」

中間の態度は鄭重なものになっていた。門前払いも念頭にあった箕之助は、

(やはり郡兵衛さまは、禄に目が眩《くら》んでの脱盟ではない)

確信し、寅治郎の件でも一肌脱いでくれるのではとの望みにも手応えのようなものを感じた。

植込みのある裏庭を抜け、勝手口からであったが母屋へ、しかも縁側などではなく奥の一室に通された。廊下ですれ違った腰元が軽く会釈する。箕之助も無言で会釈を返した。かつて武家奉公であった志江の腰元姿が思い起こされてくる。

部屋に入るなり、

「うむ。そなた、以前は世話になったのう」

郡兵衛が開口一番に言った言葉に、いっそう確信を強めることができた。郡兵衛は箕之助や留吉を寅治郎の一統と見なしており、かつて激情に駆られ敵対はしたものの、いまでは赤穂一統への功績が大きかったことを認識しているのだ。短いながらも、それを示す郡兵衛の言葉だった。

「高田さま」

箕之助は思わず、郡兵衛を以前の姓で呼んだ。これまで高田郡兵衛といえば、ただ目をぎらつかせ常に抜刀の構えを見せている姿しか箕之助は見たことがない。きょうは屋内でもあろうが無腰の着流しで、なんの気力も感じられない。おそらく当人に安堵感はなく、そこにかえって不憫《ふびん》なものが感じられる。

「で、そなたがきょう参ったは、すでに浅野家に関わることではあるまい。日向どのからなにか聞いたか」

郡兵衛の言いようは慎重であった。

「はい」

箕之助は返し、

「実は、さきほど四ツ谷御門を入ります前に、御門前の町家を歩きまして、ご浪人の開いてなさる手習い処を見てきました」

「うっ」

郡兵衛の目が光り、

「日向どのが話したのか」

「はい。手前どもには衝撃でございました。存じておりましたのでございます」

「えっ、そうであったのか」

郡兵衛の目は驚愕の色に変わった。さらに箕之助が、

「日向さまはただ討たれる日を求め、あのように毎日街道の茶屋にて……」

打ち明けるに至っては、

「うーむ」

腕を組み、

「さようであったか。どうりで俺と真剣で向かい合ったとき、死を懼《おそ》れぬ気概が感じられた。恐ろしいお人よのう、日向寅治郎なるお人は」

視線を空に泳がせ、

「そなた、日向どのに頼まれて来たのではないようだのう」

箕之助に視線を戻した。

「はい。わたくしの一存で参りました。ただ、日向さまが死に急がれるのは手前ども町人には納得いたしがたく」

「助けたい……と」

「はい」

「無駄じゃ」

「えっ」

郡兵衛は言った。

「武士ゆえのう。日向どのもさようなことは望まれまい。だが、方途《ほうと》はある」

「いかに」

箕之助は膝を乗り出した。〝無駄〟と言われた刹那に高まった動悸はすぐに収まり、逆に希望が見えてきた。井口祐之進なる侍が仇敵を求める行脚《あんぎゃ》のようすでなかったことは、手習い処の中にまで上がった郡兵衛が察知したことなのだ。郡兵衛は箕之助の視線に応えた。

「大きな賭けだ。勝算はある。来よ」

言ったときにはもう腰を上げていた。

袴を着けて羽織を着こみ大小を帯びた姿は、さすが高田郡兵衛で精悍《せいかん》そのものの武士に見える。箕之助は入るときには裏手の勝手口からであったが、出るときは郡兵衛に従い正面門からであった。

武家地を歩むなかに、郡兵衛は無口となっていた。勝算はあると言ったものの、寅治郎の命にかかわる賭けに出ようとしているのだ。

二人の足が四ツ谷御門の番屋の前を過ぎ、町家に入ろうとしたときである。郡兵衛は口を開いた。

「実はのう、手習い処を最初に訪れ事情を知ったときから、井口祐之進に質《ただ》したかったのだ。ただ、勝算はあっても相手がいかように応えるか、それが恐ろしく、躊躇しておった。だがきょう、おぬしの来訪を得て決心がついた。礼を言うぞ」

「い、いえ。わたくしのほうこそ」

郡兵衛と歩を進めながら、

（来てよかった）

箕之助は髓《しか》と感じた。郡兵衛がかくも積極的に、しかも迅速に動くとは望外のことだったのだ。郡兵衛は箕之助に、その賭けの内容を語ったわけではない。しかし分かっていた。もちろん〝勝算〟とは、腕ずくのことなどではない。

町家に入った。その人混みには、気分的にホッとするものがある。街道に歩を踏み、枝道に入った。いましがた昼八ツ（およそ午後二時）を過ぎ、手習いが終わったばかりで、井上祐之進は女房どのと在宅のはずである。

手習い処が見えた。

「そなた、あのあたりで待つのだ」

箕之助がさきほど入った蕎麦屋を郡兵衛は手で示した。そのときの目は、かつての高田郡兵衛に戻ったような鋭さを帯びていた。

「御免。ご在宅かのう」

郡兵衛が玄関の腰高障子を開け、中から女房どのであろう、女の声が聞こえたのを耳にしてから箕之助はその場を離れた。

しばらく脇道の角に立ち、手習い処の玄関をうかがった。在宅だったようだ。そのあと女房どのは出てこない。

手習い処の中では、井口祐之進は郡兵衛の目の色からただならぬものを感じたはずである。郡兵衛も、

「先日聞いた、そなたの姫路藩出奔の件でござるが」

切り出したはずである。それなのに二人で場を変えようともせず、女房どのも出

てこない。大和屋の家屋に似て、座をはずすなら外に出る以外にない。だが、それがない。おそらく、井口祐之進はいまの生活《たつき》を大事となし、

（話に女房どのも同席）

しているのだろう。

箕之助は井口祐之進なる侍の、いま暮らしている周辺を、さきほどの蕎麦屋もその一環であるが、さらに見たくなった。

郡兵衛が手習い処から出てくるには、まだ時間があろう。足は街道に向かい、いくつかの枝道に入った。街道の装いはむろん、裏手の通りも大和屋のある芝の町家と変わりはない。路地に平屋の裏店《うらだな》もあれば二階家で長屋造りの表店《おもてだな》もあり、往来に出会う職人も行商人も、路傍でおしゃべりをしている町のおかみさん連中も芝とおなじである。そこに井口祐之進は暮らしている。その人物が敵を追い求めていると思えば、かえって違和感を覚える。

蕎麦屋に向かった。

「おや、さっきのお客さん。手習いのほう、あのお師匠、受けてくださったかね」

亭主が言えば、

「うちと親しいのさ。なんなら口きいてあげようかね。あの若い嫁さんも、小さい

頃から知ってるのさ」

おかみさんがまた顔を出す。二人ともこのお店者が子供の手習いを頼みに来たものと勝手に決めてしまっている。

「いや。そうじゃなくて、ちょいと所用ができてね。ここで人と待ち合わさせてもらいたいのさ」

「なあんだ、そうだったのかい。なら、ゆっくりしていきなせえ」

亭主は空いている飯台を手で示した。

どのくらい時間がかかるか分からないので、少しだが酒も注文した。いま手習い処の中で話している内容は、箕之助も郡兵衛の言っていた〝勝算〟を感じてはいるが、場合によっては井口祐之進なる人物に激変をもたらすことになるかもしれないのだ。それが、郡兵衛の言う〝賭け〟である。もし、敗れたなら、

（惨《むご》い）

思わずにはいられない。日向寅治郎に対しても、井口祐之進なる侍に対してもである。郡兵衛もまた困惑の窮《きわ》みに陥《おちい》り、寅治郎のこととなれば不破数右衛門など聞けば大刀をわしづかみに駈けつけることは目に見えている。それがいかなる結末を迎えることになるのか、郡兵衛にはもちろん箕之助にも見当はつかない。舞が柄《ひ》

杓《しゃく》を投げつけ留吉が手斧を振りまわして済む問題ではないのだ。

太陽の位置がさらに西のほうへ変わり、

「許せ」

声とともに蕎麦屋の暖簾が動いた。郡兵衛だ。入り口のところに立ったまま顎《あご》を外へしゃくった。

「はい」

箕之助は返し、蕎麦屋を出た。

「ま、またお出《い》でを」

亭主もおかみさんも、このお店者の待ち合わせていたのが、精悍な武士であったことに驚いたような顔をしていた。

五

四ツ谷御門に近い街道沿いの茶屋を出たとき、西の空に陽はまだあった。箕之助は来た道を急いだ。陽が沈んだのは外濠溜池にさしかかったころだった。

増上寺のほうへ出る急な潮見坂を下る。高田郡兵衛が寅治郎と刀を交えようとしたことなど、遠い昔のように思えてくる。

(早く日向さまにこのことを)

暗くなりかけた坂道で走るのは危険だ。下り坂に急ぐ足がもどかしい。

さきほど、四ツ谷の茶屋で座を占めるなり郡兵衛は箕之助を見つめ、

「――勝ったぞ」

まず言い、

「――むろん勝った負けたの問題ではないがの、避けられたぞ」

つづけた言葉に、

「――高田さま!」

箕之助は膝も上体も前にせり出した。

郡兵衛が日向寅治郎と面識があり、その所在も知っていると切り出したとき、井口祐之進は驚かなかったという。いきなりそれをぶつけ祐之進の反応を試すのが、郡兵衛の言う〝賭け〟だったのだ。

祐之進は言ったという。

「――不慮の死は恥であり、親族にも迷惑をかけるもの。非はわが兄にあり、日向どのが抜刀されたのは、それこそ武士というものでござろう。なれど、仇討ちの願

いを出さねばならず、それもまた理不尽でございましょう」

「――ならばおぬし、その気はござらぬのか」

郡兵衛の言葉に、同席していた女房どののほうが肯是《こうぜ》の頷きを見せたらしい。

さらに郡兵衛が、

「――日向どのは、おぬしに討たれることのみを願い、日々を送っておる」

言ったとき、そのほうにこそ祐之進は驚愕の色を見せ、

「――惨《むご》い！　いや、それがしが日向どのにしてきたことが、十年も。これが、武士の掟《おきて》でござろうか。内田どの！」

郡兵衛は自分が元赤穂藩士であったことは話している。井口祐之進はみずからが〝今〟を大事にしているせいもあろう。その郡兵衛を肯定するように、四ツ谷御門内の養子先の姓で呼んでいる。

「――感謝いたしまする。それがし、あらためて意を決することが出来申した。このとおりでござる」

突然刀掛けから脇差を取るなり、月代《さかやき》を剃った大銀杏《おおいちょう》の髷を元結からバサリと切り落とした。

潮見坂を下りきった。あとは武家地が増上寺の北側一帯にまでつづく。街道まで出れば、まだ両脇に明かりがあって提燈なしでもなんとかなる。小走りになった。その箕之助のふところにはいま、懐紙に包まれた井口祐之進の髷が入っている。

「――おぬしが届けよ」

郡兵衛から渡されたのだ。

街道に出た。人の影がまだまばらに消え残っている。金杉橋を渡ったころにはそれもなくなり、箕之助はふところを手で押さえ、足元に気をつけながら急いだ。

芝一丁目を過ぎ、二丁目にさしかかったところで枝道に折れた。このあたりになると、どこに窪《くぼ》みがあり、どこに大きな石が出っ張っているかまで心得ている。寅治郎や留吉たちの長屋の路地が暗い口を開けている。

入った。裏店の粗末な建物には雨戸がなく、土間と路地を仕切るのは腰高障子だけである。明かりがあった。寅治郎の部屋である。箕之助は胸を撫でた。懐紙の包みを感じる。となりは暗い。留吉と舞はいない。おそらくきょう、寅治郎は田町から一人で帰り、留吉と舞はそれぞれに大和屋へ寄ったまま、志江から箕之助の行った先を聞き、居間で帰りを待っているのだろう。

明かりの洩れる障子戸の外に立ち、中を窺うかたちになった。静かだ。

「おう、戻ったか」

中から声がかけられた。留吉か舞だと思ったようだ。

「日向さま」

声とともに腰高障子戸を開けた。ハッとするものがあった。油皿の灯芯一本の灯りに寅治郎は端座し、瞑想していたのだ。

(死への準備)

箕之助には感じられた。般若心経など念じていたのかもしれない。

「ほう、どうした」

夜でもあるせいか、寅治郎の声は小さかった。

「日向さま、これを」

箕之助は上がりこみ、郡兵衛が井口祐之進へ突然切り出したように、ふところの懐紙を寅治郎の前に置き、開いた。

「何か、それは」

寅治郎は凝視した。懐紙に包まれた髷を見れば、誰しも遺髪と思うだろう。井口祐之進が大銀杏の髷を落としたのは、それに近い重みがある。

「きょう、四ツ谷御門に行って参りました」

「うっ！」

話しはじめた箕之助に寅治郎はあらためて端座の姿勢をとった。もう片方の隣は古着の行商人で、数日戻ってこないと留吉は言っていた。薄い壁の長屋でも、話が洩れる心配はない。

「あの高田郡兵衛どのがのう」

途中で寅治郎は頷き、

「祐之進がさように……のう」

最後にまた頷き、懐紙の上の髷にあらためて視線を落とした。井口祐之進は、武士としての自分を葬《ほうむ》ったのである。

寅治郎の口調に乱れはなかった。死の淵《ふち》が遠ざかり、安堵を覚えたようすでもさらになかった。

「で、高田どのはどう言っておられた。祐之進は息災《そくさい》であったか」

問われ、箕之助は蕎麦屋で聞いたとおりを話し、

「高田さまは、これで終わったわけではなく、後日ケジメは必要であろう……と」

「ふむ」

寅治郎は頷いた。

箕之助は腰を浮かせ、

「ともかく、この髷は日向さまのお手元に」

狭い三和土に下りた。

寅治郎はなおも懐紙の上の髷を見つめていた。その胸中は、井口祐之進が武士たる大銀杏の髷を切った意味を解していた。

——生きられよ。それがしの身に、武士の掟などもはや棲《す》んでおりませぬ
敵討ちの〝本懐〟を遂げて藩に帰参など、考えていないことの証《あかし》を、井口祐之進は日向寅治郎に送ってきたのである。

箕之助は路地を出た。夜の町内に人影もなければ明かりもない。だが雨戸を一枚だけ開けている大和屋の玄関口からは、まだ明かりが洩れていた。

中の三人は玄関の音とともに廊下を駈けた。箕之助の話に、居間は久々の活気に満ちた。

留吉と舞が提燈の灯りで往還を照らしたのは、もうすぐ夜四ツ（およそ午後十時）の鐘が響き、町々の木戸が閉まろうかという時分であった。

箕之助と二人になった居間で、志江は言った。

「ほんとうに、これですべて終わったと思っていいのかしら」

「だから高田さまはケジメを……と」

箕之助は応えていた。

六

「でもネ、日向の旦那ったら、やっぱり街道を見てばかり」

舞は言っていた。だがその口調からは、かつてあった緊張感は消え、

「車町の普請場でよ、街道に気をつかわなくてもよくなったから仕事場に専念できるぜ」

留吉も口調を合わせていた。

「あら、兄さん。気をつかってたの？」

「なにを！」

「まあまあ、二人とも」

舞が留吉をからかい、志江がとめに入るのは以前のままであった。

そうしたなかに数日が過ぎ、日めくりの暦《こよみ》にも弥生《やよい》（三月）の文字が見られるようになった。箕之助には寅治郎の件もさりながら、もう一つの懸念材料が感じられ

てくる。仁兵衛もそれは共有しており、まして寅治郎自身はそうであった。弥生十四日、泉岳寺に眠る浅野内匠頭の命日なのだ。

(もう、跳ね上がりはないと思うが)

やはり懸念せずにはいられない。そのような日々のなかに、四ツ谷御門内の番町から中間が一人、芝三丁目の大和屋に二度ほど訪いを入れていた。高田郡兵衛が養子入りした内田家の中間である。もちろん、郡兵衛の遣《つか》いである。箕之助もまた、その遣いと前後するように街道を北へ進み、増上寺門前も通り越した南八丁堀に足を運んでいた。南八丁堀の裏店に、赤穂浪人が幾人か住みついており、そこに不破数右衛門がいるのだ。これまで数右衛門とは何度もあっているが、箕之助のほうからそこへ足を運ぶのはこれが初めてであった。その裏店にひょっこりと箕之助が顔を出したとき数右衛門は、

「そなた、献残屋の！」

驚いた声を上げ、

「寅《とら》に何かあったのか。まさか姫路藩の！」

言うなり刀を取ったものである。寅治郎は数右衛門には身の上話をし、寅治郎が死を待っていることも数右衛門は知っている。それを箕之助たちも知ったとき、

「――兆候を感じたなら、すぐ俺に知らせろ」

箕之助に言っていたのだ。

「――俺は、安兵衛たちもそうだが、近いうちに死ぬ。だが、寅を死なせるわけにはいかぬ」

その決意には強固なものがあり、相手の所在が分かれば逆に襲撃しかねない勢いだった。

その数右衛門を箕之助は訪ねたのだ。

「不破さま。相変わらずですねえ」

腰高障子を開け、狭い三和土に立ったまま箕之助は言った。その落ち着きように数右衛門は、

「あん？」

拍子抜けしたのか頓狂な声を上げ、寅治郎とおなじ百日髷の頭をかしげた。

「ま、その姫路藩のお武家なんですがね」

箕之助は話し、

「まさか！」

と、驚く数右衛門へさらに、

「高田郡兵衛さまが、不破さまに是非と申されておりまして」

言ったものだから数右衛門は、

「な、なぬ！　郡兵衛がぁ？」

いっそう驚いた声をつくり、

「うーむ」

百日髷を撫で、

「なるほど、おのれのケジメがつけられなかったものだから、せめて寅治郎のケジメをなどと思ってのことか」

吐くように言った。だがそれは、決して脱盟した者への揶揄《やゆ》ではなかった。口調にはむしろ微笑《ほほえ》ましさが含まれ、

「ふふふ」

いつになく鋭い目付きを和《なご》ませ、

「よかろう」

言ったものである。

そのときの帰り、箕之助は金杉橋を渡ると古川沿いの道に入り、赤羽橋に向かった。仁兵衛も寅治郎が死の選択をしていることにはことさら気を病み、箕之助が秘

かに相談を持ちかけたとき、

「――みずからの死で、武家の理不尽に一矢報いるおつもりか。仇討ちの中身は違えど、至情は赤穂の方々とまさしくおなじ」

思わず絶句の態になったものである。だが、それをとめる方策は仁兵衛にもなかったのだ。

歩を進め、蓬萊屋の奥の部屋で向かい合ったとき、ちょうど増上寺から夕のお勤めの音が響いてきている時刻だった。

「ほう。その姫路藩本多家のお方、武家の面目よりも、こたびの仇討ちの理不尽を心得ておいでだったのだなあ」

奥まった双眸《め》を細めた。だが、聞こえてくる読経の響を背景にその双眸を一瞬光らせ、

「とはいえ、やはりお武家。その重みを不破さまも高田さまも、懸念しておいでというわけか」

ため息をつくように言っていた。

その日が迫った。あしただ。

夕刻、

「日向の旦那、今夜は一人になりたいから、まっすぐ塒《ねぐら》にお帰りになるって」

田町からの帰りに大和屋の居間に上がりこんだ舞は言った。

「でしょうねえ。十年間の重みが、あした……」

志江は返し、途中で言葉をとめた。そのきっかけをつくった箕之助が、朝からまだ無口のままなのだ。

(やはりお武家)

仁兵衛の言った言葉が、箕之助の脳裡から去らないのだ。

居間がにぎやかになった。留吉が玄関に甲懸の紐を解いたのだ。

「なんでえ、なんでえ。すぐ近くの普請場にいるってのによ、俺の出番はどうしてくれるんでえ。なんにもねえってのはよう」

居間に入るなり不機嫌に言い、志江の出した湯呑みを一気に呷《あお》った。

「留さん、わたしもだよ。これはあくまでお武家のことだから」

「そう。いざとなれば、あたしが車町まで聞こえるくらい大声を出して騒いであげるから」

箕之助がなだめるように言ったのへ、舞がつづけた。

「ケッ。おめえなんか騒いだって屁の突っ張りにもなるけえ」

留吉は悪態をついているわけでも不満をならべているわけでもない。すぐ真顔になり、

「でもよ」

つづけた。

「おかしいんじゃねえのかい？　向こうがその気はねえって言ってんだから、もうそれでいいじゃねえか。それの念押しじゃあるめえし。しかもその場所が街道で、舞のいる腰掛茶屋の縁台ってかよ。お武家のなさることじゃねえぜ」

「市井《しせい》のなかに入るには市井のなかで。あたしは高田郡兵衛さまのご配慮、なかなかと思いますよ」

志江が静かに言い、箕之助は頷いていた。

その日が来た。太陽が昇ってから、もうかなりの時間が過ぎている。

「いつもと変わりのないのが不思議なくらい」

半纏を箕之助の肩にかけながら志江は言った。

「——へん、行ってくらあよ。せいぜい騒ぎにならぬよう祈ってまさあ」

早朝に大和屋の玄関口へ声を入れた留吉も、車町の普請場で田町のほうから騒ぎが伝わって来ぬかと気にしはじめていることだろう。午《ひる》にはまだいくぶん間がある時分である。

箕之助は出かけた。留吉が言ったように〝念押し〟ではないが、やはり見届けたいのだ。

足は街道に出ると田町のほうへ向かった。札ノ辻を過ぎ、田町七丁目と八丁目の境あたりの腰掛茶屋の縁台に腰を据えた。八丁目の舞のいる茶屋の縁台に寅治郎が座っている。一緒に座っているのは不破数右衛門だ。

「――日向どのと昵懇《じっこん》の者でな、それがしもよく存じおる赤穂浪人でござる。見届け人と思われよ」

高田郡兵衛は井口祐之進にそう説明している。そこに間違いはない。だが別の思惑もある。井口祐之進も武士なのだ。仇討ちの重みは十分に心得ている。十年ぶりに日向寅治郎を目の前にした刹那《せつな》、理性を忘却したならどうなる。斬りかかるかもしれない。寅治郎は刃《やいば》を受けようか、それとも身が応戦に動こうか。井口祐之進の身はその場に崩れ落ちよう。

「――いずれも防いで進ぜよう」

中間が走り箕之助が仲介した文《ふみ》に、不破数右衛門は応えていた。

さらに高田郡兵衛にはもう一つ思惑があった。

（知ってもらいたい、一人でもいい）

その念がある。堀部安兵衛に脱盟を告げたとき、安兵衛は最後まで聞かず郡兵衛を追い返した。脱盟の話のみが同志に伝わり、皆は激昂した。とくに不破数右衛門など郡兵衛と会えば、それこそいずれかが斃れるまで斬り合うことになろう。

（他に理由があれば、その危険は軽減される）

日向寅治郎がいる。徳川家旗本の内田姓となった郡兵衛は、そこにも賭けた。数右衛門はそれを解した。だから箕之助に、郡兵衛のことを〝おのれのケジメが〟などと言ったのである。

街道を行く荷馬の背や大八車の積荷に、ときおり箕之助の視線から寅治郎と数右衛門の姿が消える。町駕籠が掛け声とともに走り抜けて行った。舞の姿が見える。茶汲みのたすき掛けに前掛《まえかけ》姿で盆を手にし、緊張しているのが感じ取れる。箕之助は視線を反対方向の札ノ辻のほうへ向けた。もう何度目になろうか。来た。往来人の合間に深編笠をかぶった羽織袴姿の歴とした武士が一人、顔は見えないが高田郡兵衛であることはすぐに分かった。その横、ならんで歩を進めているのが、

（井口祐之進？）

袴に羽織だが、大小を帯びていない。塗り笠をかぶって髷が見えず、総髪《そうはつ》なら儒者か医者のような風体となろう。

「ん？」

（さすが）

箕之助には思えてきた。井口祐之進は髷を落としているのだ。しかも寅治郎と会うのに無腰で来ている。藩への帰参は望まず、今を大事に……と、その思いに偽《いつわ》りはなかった。胸中から当面の懸念が去るのを覚えた。井口祐之進は、出で立ちにも市井《しせい》で暮らすことへの決意を示しているのだ。商人の箕之助が外出するときに脇差を帯びないように、寺子屋の師匠も出かけるのに刃物など無用である。

郡兵衛は両脇の腰掛茶屋の縁台に、寅治郎と数右衛門の所在を求めながら歩を進めている。箕之助と視線が合った。箕之助が見に来ていても不思議はない。箕之助は軽く目で、

（あそこ）

示した。郡兵衛の目は頷きを示した。二人は箕之助の前を通り過ぎた。

すぐだった。

「あっ、箕之助旦那」

「え？　どうしておまえが」

郡兵衛たちとおなじ方向から走り寄ってきたのは、蓬萊屋の嘉吉《かきち》であった。

「箕之助旦那こそ、舞さんのところでもなく、いったいどうして。やはりきょう、このあたりで何かありますので？」

「ともかく座れ」

箕之助は嘉吉の袖をつかんで縁台に座らせ、

「おまえがいったい、どうして」

「どうしてって、大旦那に言われまして。それも、田町の七、八丁目あたりはいつもどおりかどうかと」

「理由は聞いたか」

「いいえ。ただ見てこいとだけ。そこに箕之助旦那がいなさった。まさか、内匠頭さまの一周忌を前に赤穂と吉良さんがぶつかるとか？」

「ま、近いかもしれん」

「はあ？」

留吉は得心しないまま、茶汲み女に茶を一杯頼んだ。

仁兵衛もやはり心配だったのだろう。嘉吉を物見《ものみ》に出したものの、さすがに理由は伏せているようだ。

視線を舞のいる茶屋のほうに戻した。

「ほっ」

軽く声を洩らした。すでに対面が始まっていた。嘉吉もそのほうに視線を向け、

「日向さまは相変わらず。それに一緒におられるのは不破さまに、あ、あれは赤穂の！　やはりきょう、なにか」

嘉吉も寅治郎との関係で赤穂浪人の数名と面識はあるが、高田郡兵衛の脱盟まではまだ知らない。

「しーっ、素知らぬ振りをして」

「へえ」

嘉吉は応じた。一周忌を前に赤穂浪人が集まり、周辺に吉良家の目でもあると解したのだろう。

箕之助は視線を投げつづけた。一基の縁台に寅治郎と井口祐之進が膝を突き合わせるように腰掛けている。井口祐之進は笠をかぶったままである。

「月代《さかやき》がまだ伸びておりませぬゆえ、結わえただけの茶筅髷《ちゃせんまげ》もできず。このままで失礼つかまつる」

「髷は確かに受け取り申した。いかがいたそうか」

「海に流してくだされ、すべてを。あとはそれがし、月代が伸びれば総髪にでもしてうしろで束ね、儒者髷《じゅしゃまげ》のようにいたしまする」

おそらく、そうした会話が交わされているであろうことが、二人のようすから察せられる。

すこし離れた縁台には不破数右衛門と高田郡兵衛が座している。散発的に言葉を交わしている。

「ほほう、俺と違っていい身なりをしておるのう」

数右衛門は皮肉っぽく言っているかもしれない。十年ぶりの二人よりも対面がぎこちなく、緊迫感をただよわせているのは箕之助の先入観からではない。だが、相互の所作がしだいに和らいでいることを箕之助は感じとっていた。それは、盆を持って出たり入ったりしている舞のようすからも見てとれる。

「おっ」

また箕之助は軽い声を洩らした。嘉吉も同様だった。寅治郎と井口祐之進が腰を上げたのだ。

「どこへ?」

嘉吉も腰を上げようとしたが、

「そのまま」

箕之助は制した。二人は茶のほかに団子も注文していた。あとどのくらい座っていなければならないか分からないのだ。

寅治郎と井口祐之進は茶屋の裏手に向かった。数右衛門と郡兵衛があとにつづいた。裏手はまばらに草を刷いた砂地であり、そのすぐ先はもう江戸湾袖ケ浦の海岸である。郡兵衛は深編笠を縁台に置いたままであった。

「おじさん、すみません。お願い」

舞は漁師上がりの茶屋のあるじに言ったのであろう。四人のあとに走ってついていったようだ。

「なんなんでしょうねえ」

嘉吉はまた茶を飲み、言った。

(まさか!)

寅治郎と井口祐之進が立ったとき、箕之助は一瞬ドキリとしたものだが、心ノ臓が高鳴るほどではなかった。井口祐之進は無腰で、つづいた数右衛門と郡兵衛にも緊張は感じられなかったのだ。慌てていたのは舞だけだったようだ。

　箕之助は嘉吉と腰をならべたまま待った。

　といっても団子は食べ終わったが、さほど待つこともなかった。

が、戻ってきた寅治郎を見た箕之助と嘉吉は驚いた。寅治郎の百日髷がなくなっている。元結から切り落としたのだ。だが月代が伸びているから河童《かっぱ》ではなく、総髪になっている。浪人ではなくなったのだ。百日髷なら、月代さえ剃ればそのまま武士の大銀杏が結える。それに浪人とは、いつか仕官の日を夢見る境遇に浪々と暮らしているから浪人というのだ。仕官ではないが数右衛門がそうであり、いざ本懐を遂げようとするとき、鎖帷子《くさりかたびら》を着こむと同時に髷も武士然と大銀杏に整えることであろう。

（日向の旦那は市井のお人になられた）

　箕之助は覚《さと》った。それは、敵持ちとして死を選ぶのではなく、一人の人間として市井に生きることを意味する。井口祐之進が示したのとおなじ道である。

　あとで箕之助は舞から聞いたのだが、波打ち際に立つと、井口祐之進はふところから一片の書付《かきつけ》を取り出し、破いて波間に舞わせたという。その書付は、姫路藩主本多忠国《ただくに》の花押《かおう》が入った仇討免許状であった。次いで寅治郎はふところに収めていた髷を波に流すといきなり脇差を抜き、みずからの髷をも元結から切り落とし、つづけて打ち捨てるように波間へ流したという。舞は息を呑み、興奮を抑えきれない口調で、

「不破数右衛門さまと高田郡兵衛さまは、それらを慥《しか》と見届けておいででした」

箕之助と志江に語ったのである。

四人は海岸から箕之助と嘉吉の視界のなかへ戻ってくると、もう縁台には座らず深編笠を郡兵衛は手にし、互いに立ったまま一言二言、これも舞が大和屋の居間で語ったのだが、

「ともかく日向どのは、なくてはならぬお方でのう」

井口祐之進に念を押すように語ると数右衛門に向きなおり、

「その日向どのがおぬしと昵懇であったのは、これまでのわれらにとって無上の幸運であった。その間柄、大事にな」

言った郡兵衛は真顔であったそうな。数右衛門は返したという。

「おぬしにそれを言われようとはのう。ともかく承《うけたまわ》っておく。そなたも向後、息災でのう」

やはり真剣な表情だったらしい。

井口祐之進はこのやりとりの奥に流れているものを聞かされてはいないだろう。ふたたび街道に歩をとった郡兵衛と井口祐之進に、

「達者でナ」

寅治郎は声をかけたらしい。箕之助と嘉吉の目には、街道の二人が立ちどまって振り返り、それぞれに笠の前を上げて軽く会釈したのが映っていた。

二人は箕之助と嘉吉の座る茶屋の前に達した。数右衛門と寅治郎はまだそれらの肩を見送り、その横に舞も盆を持ったまま立っていた。

郡兵衛の深編笠が箕之助たちのほうにすこし向けられたようだ。軽く会釈したように感じられた。箕之助は湯呑みを口に運ぶ動作とともに深編笠に向かい、会釈を返した。嘉吉は気づかなかったようだ。

二人は通り過ぎた。

「行きましょう」

嘉吉が湯呑みを縁台に置き、舞のいる茶屋のほうへ向かおうとした。箕之助はふたたび嘉吉の袖を取り、縁台に引き戻した。寅治郎と数右衛門はまだ茶屋の前に立っていたが、すぐに別行動になった。

「湯屋に行ってくる。一人になりたい」

言ったそうな。寅治郎は向かい側の茶屋の路地から背後の家並みに入り、数右衛門は街道を郡兵衛らとは逆方向に歩み、箕之助たちとは遠ざかって行った。泉岳寺に向かったのであろう。舞が二人を見送っていた。

嘉吉がまたそのほうへ走り出そうとする。箕之助は再度引きとめ、

「おまえはこのことを旦那さまに、街道は何事もなく平穏でした、と」

肩を札ノ辻のほうへ強く押した。町の周囲にも、顔見知りたちの単なる路傍の世間話にしておかねばならないのだ。郡兵衛と井口祐之進の姿はもう見えない。

「え、えぇ」

不満というよりも不可解そうな顔をする嘉吉に、

「あす、わたしが赤羽橋に伺うから」

箕之助は言い、嘉吉の帰る方向を手で指し示した。街道は実際に何事もなかったように、町駕籠が威勢よく走り大八車の車輪の音に往来人の下駄の音が重なっていた。舞の茶店にも空いた縁台に新たな客が座った。丁稚をつれたお店者のようだ。

「なんでえ、なんでえ」

また留吉である。いつもより早い時刻、甲懸の紐を解くのももどかしそうに大和屋の居間へ上がりこんだ。車町の普請場から、街道を行く不破数右衛門を見かけ、

「――旦那、旦那」

大急ぎで飛び出したが、

「――舞がすべてを見届けたでのう、そっちから聞け」

と、数右衛門は泉岳寺のほうへ行ってしまったというのだ。

舞が大和屋の居間に上がったのはさらに早かった。それだけ早く箕之助と志江に街道での首尾を話したかったのだろう。留吉が音を立てて居間に入ったとき、すでに舞は話しはじめており、箕之助は頷きながら嘉吉と一緒に見た光景をつなぎ合わせていた。

「ほう、それで」

と、留吉も悪態をつくことなく聞き入った。話が寅治郎の断髪に至ったとき、

「見てみてえ、ここで待とう」

「でも、きょうも旦那、まっすぐ帰りなさるって」

舞は言っていた。さらに、

「海岸のことも含めてね、まわりからうるさく訊かれることなどなかった」

と、肩の荷を降ろしたように言ったのには、留吉ともども居間に安堵の空気をもたらした。市井のなかでの話し合いに、赤穂の件も含め寅治郎の来し方になにがしかの噂が立つことへ、一同は最も気を遣っていたのだ。

箕之助が赤羽橋に足を運んだのは、翌日午前であった。芝三丁目からすぐ街道を横切って向かいの町家に入り、武家地を抜けるにも白壁の中から新緑の香がただよい、足取りは軽かった。赤羽橋を渡るとさっそく嘉吉が、

「きのうはいったいなんだったんですか。ともかく大旦那には、見たとおりを話しておきましたが」

質問を浴びせてきた。やはり裏になにかがながれていることを感じとっていたようだ。

「あゝ、おまえも見たとおりさ。で、旦那さまは？」

「奥で」

朝から箕之助の来るのを待っていた。

いつもの裏庭に面した部屋である。

「ふむ、ふむふむ」

仁兵衛は身を乗り出して聞きつづけた。

しかし、安堵の表情のなかにも最後に不破数右衛門が高田郡兵衛へ〝向後、息災でのう〟と声をかけた段には、窪んだ小さな双眸をわずかに動かし、

「ふむ。脱盟した者を糾弾するより、残った者の結束のほうが大事なことを、不破さまは心得ておいでのようだなあ」

「はい。場所柄もあったのでしょうか、不破さまは高田さまを詰《なじ》っているようには見受けられませんでした」

「もちろん場所柄もあったろうが、これまでわしらもお江戸の市井の者として幾度か日向さまの手足になり、浪士の方々が激情に走るのをお諫《いさ》めさせていただいたが、辛いなあ。高田さまの向後を思えば」

「はあ？」

箕之助は問い返し、仁兵衛は応えた。

「これからを生きるのに、高田さまはきっと辛い思いをなされるだろう。その人生が長ければ長いほど」

「はあ」

ようやく思いが至ったように、箕之助は返した。

寅治郎と井口祐之進の件については、

「そうだったのか。なんとも、どちらも信じられぬほどよく出来たお方」

と、ことさら小さな双眸を何度も細めていた。

浅野内匠頭の一周忌は、それから数日後だった。夕刻、舞も留吉も、それに仁兵衛に言われ泉岳寺門前から田町界隈を歩いた嘉吉も、大和屋の居間で言っていた。

「そのように見ればそれらしいのはいたが」

吉良家や上杉家の物見である。行商人や職人に化け、赤穂浪人の動きを探ったはずである。

この元禄十五年三月十四日、堀部弥兵衛や吉田忠左衛門、片岡源五右衛門ら数名の赤穂浪人が三々五々泉岳寺門前の坂道を上り下りし、内匠頭の墓前に線香を手向けただけで、庫裡《くり》に伺候《しこう》することもなければいずれかで同志が密議を凝らしたようすもなかった。吉良家や上杉家では拍子抜けしたのではあるまいか。

だが、内匠頭一周忌というこの日にまったく目立った動きがなかったのは、それだけ大石一統の結束が強固になっていたことを示すものであった。

お犬様異聞

一

日向寅治郎の総髪は、田町から泉岳寺門前にかけて評判となったが、

「なにか身のまわりに変化が……」

「あれほどのお侍だ。まさかいずれかに仕官の口が……」

茶屋のあるじたちは言い、

「ねえ舞ちゃん、おなじ長屋なんでしょ。なにか聞いていない？」

茶汲み女たちは舞に訊《き》いていた。寅治郎の突然の断髪は、

――俺は市井《しせい》に生きるぞ
周囲に示すものであったが、その背景を舞は話すことができない。だからいっそう不安を呼び、

「仕官なら仕方ないが、他所《よそ》に引き抜かれるのだけは今後とも気をつけていよう」

言っているのは茶屋のあるじたちだけではない。この界隈でなにがしかの商いを営む旦那衆も含めた、共通の思いであった。

それほどの寅治郎にも、手も足も出ない難敵がいた。むしろその敵に対しては、舞たち街道の女たちのほうが処理法を心得ていた。その敵には、対処に失策《しくじ》って遠島になり、あるいは死罪となった者も数知れず、無念を秘めて切腹させられた武士も少なくないのだ。しかもそれは日常に見られ、いつどこでその災厄が降りかかって来るか予測のつかないものであった。

弥生《やよい》(三月)も下旬となり、いずれの路傍も庭も万緑に変わりはじめ、全体の気分が華やいでいる時節の一日、田町の街道筋でもそれはあった。

「おっ、いかん」

往還に声が上がった。人はむろん大八車も荷馬もそれを避け、舞たち茶汲み女たちはそれぞれの店の前に出て警戒態勢に入った。

「旦那! 手出しはいけませんよっ」

縁台に腰かけていた寅治郎に舞は言った。髷を切ってからも、以前どおり寅治郎は街道に視線をながしつづけている。境遇の変化を周囲に悟られぬためにもそれは必要だったのだ。

「うむ」

寅治郎は頷き、腰を引いた。かなり以前になるが、街道で子供が襲われたとき、寅治郎が縁台から走り出て鉄扇に手をかけたことがある。そこへ近くのあるじや若い衆が、

「――旦那！　いけませんっ」

叫び、大勢で莚壁《むしろかべ》を張ってやっと助けたことがある。もしそのとき鉄扇を打ち下ろしていたなら、寅治郎は遠島か死罪になっていたことだろう。

いま、魚を咥《くわ》えた犬が一匹、街道を歩いている。いずれかの茶屋でかすめたのだろう。向かいから二匹、その魚に気づいたようだ。

「桶《おけ》、桶っ」

「早く！」

茶汲み女たちは水桶を持って集まり、男たちは莚をつかみ駈けつけた。犬どもは唸り合い、魚を咥えた一匹が逃げ腰になった。一匹が飛びかかった。

「それ！」

誰の掛け声か、女たちは一斉に水をかけた。

キャキャーン。

ひるんだところへさらにかける。犬どもは情けない吠え声とともに四方へ退散した。瞬時の判断が大事なのだ。間合いが一瞬でもはずれたなら効果はない。そのときにそなえ男たちは莚を持って来ていたのだ。

まわりから安堵の声が洩れ、街道はふたたびもとの動きに戻った。

「うーむ。見事だのう」

空の桶を持って戻ってきた舞たちに寅治郎は感嘆の声を投げた。

「ふーっ。恐かったア」

舞は額をぬぐい、裏手の海岸に桶へ水を満たしに行った。桶には真水でも潮水でもよい。ともかく常に水を満たしておかねばならない。沿道の茶屋は一軒一軒がそうした犬分水《いぬわけみず》を用意している。茶屋に限らず、ほとんどの家がそうだ。蹴飛ばしたり棒で叩いたりすれば遠島で、打ち所が悪ければ死罪が待っているのだ。

元禄の犬公方《いぬくぼう》、五代将軍綱吉《つなよし》の時代である。〝生類憐みの令〟によって、人と畜生の立場が代わってしまっている。人間の行き倒れはただ迷惑がられるだけだが、犬が道端に倒れておれば公儀の犬医者が駈けつけて脈をとったり薬を飲ませたり、打たれた疵《きず》などがあれば奉行所から役人が出張《でば》って徹底的に探索し、幾人かの人間さまの縄付きが出ることになる。

いまも田町四丁目の札ノ辻に訴人《そにん》を呼びかける捨て札が立っている。

——生類憐みの情なき振る舞い許し難く……

と墨書され、さらにもう一本、

——白くふさふさたる毛並みにて……

と記《しる》した尋ね犬の捨て札が対《つい》になって立っている。

十数日も前のことである。芝の街道筋に、戸板を小さくしたような台を前後から駕籠のように中間が担ぎ、警護の武士が五、六人つき従っている列があった。最後尾には挟箱《はさみばこ》を担いだ中間がつづいている。台には座布団が敷かれ犬が座っていた。そこへいきなり干鰯《ほしか》を投げつけ脱兎《だっと》のごとく人混みの中に行方をくらました男がいた。犬は台から飛び降り、武士たちは慌て、しばし往来は関わりを避けようと離れる者、嘲笑する者で混乱した。武士たちを嗤《わら》ったのではない。〝生類憐みの令〟に対し、それくらいしか庶民には溜飲を下げる方途はなかったのだ。捨て札にはそれぞれ〝褒美《ほうび》金三両〟とある。片方だけでも、女中が半季にもらう給金より多い。

「札ノ辻のあれ、まだ立ったままだから訴人する人などいないみたいね」

海岸から桶に潮水を満たしてきた舞が、となりのお仲間と話している。

「ははは。そんな奴がいたなら、俺が鉄扇で打ち据えてやろう」

「それがいい。お犬さまを打ったら大変だけど、人なら罪にはならないから」

となりの店の女が返してきた。

「せっかく収まったばかりなのに、物騒なことを言いなさんな」

奥から舞の店のあるじが出てきた。老いても元漁師で足腰は衰えていない。このあるじもさきほど、莚を手に駈けつけたのだ。店の前で犬同士が嚙みつき合ってケガでもしようものなら、その店の者が〃見過ごした咎《とが》〃で罰せられることになり、町家はいずれも隣り近所が罪人を出さないようにと連繋しているのだ。

「それよりも舞ちゃん、お店で残ったお魚をいつも持ってきてくれるのはありがたいのだけど、ほんとう気をつけてね」

その日も舞は店で余った焼き魚を持って大和屋の居間に上がっていた。寅治郎と留吉も、ついさっき顔を見せたばかりだ。珍しく、箕之助がまだ戻っていない。留吉は台所のほうへしきりと気を配っている。鍋につけた熱燗ができあがろうとしているのだ。

「大丈夫よう。持って来るときはいつも、魚の頭か尻尾《しっぽ》を用意しているから」

舞は笑いながら言うが、内容は笑い事ではない。野良犬が嗅ぎつけ寄って来たときなど、それを投げてさっさと逃げるのである。舞のお仲間で、その用意がなく大事な食べ物を守ろうとして騒ぎになり、全部投げ出してしまった上に着物まで破かれたことがあったのだ。

「俺が護衛につこうかと言うと、いつも断りおる」

「そりゃあそうですよ。お犬さまに関しては、旦那の出番などありませんから」

ここまで言って舞は、

（しまった）

口をつぐんだ。

総髪になって以来、寅治郎の街道を見つめる目はうつろになり、肩からも力が抜けていることを舞は感じとっている。大和屋でそれを話したとき、

「——生を得られ、かえって今を生きる目標をなくされたのかもしれないねえ」

箕之助は言い、

「——分かんねえ、そんなことってよう。物事、逆じゃねえのかい」

聞いていた留吉も思わず言ったものである。

ちょうど間合いがよく玄関に音がした。志江と舞が廊下に立ったが、まだ手燭を

用意するほどでもなかった。

「浜幸屋《はまさちや》さんで思いのほか話しこんでしまってねえ」

言いながら箕之助は店の板の間に上がり、声が奥にも聞こえていたのか、

「浜幸屋って、あの割烹《かっぽう》の？」

居間に入るなり留吉が懐かしそうに言った。

「ほぉう、浜幸か」

寅治郎もおなじような声を上げた。志江も舞も含め、いま大和屋の居間に顔をそろえる面々にとって、浜幸屋といえば懐かしい響きがある。札ノ辻より手前の田町三丁目の街道筋に本店を置き、おなじ街道筋で金杉橋に近い金杉通りにも支店の暖簾を出していて、田町から金杉橋にかけては屈指の割烹である。

桜がすでに散った、ちょうど去年のいまごろだった。金杉橋から古川上流の赤羽橋に向かう一帯の武家地に、秘かに賭場《とば》を開いている屋敷があった。当主が陣頭に立った屋敷ぐるみの悪行だった。そこに老舗《しにせ》割烹の若旦那である浜幸屋の息子がはまり、利用されて浜幸屋そのものが乗っ取られようとしたことがあった。献残屋として浜幸屋に出入りしていた箕之助はそれを察知し、寅治郎が塗笠《ぬりがさ》で百日髷を隠し裃《かみしも》を着けて旗本に変装し、箕之助と留吉が梵天帯の中間姿を扮《こしら》え、志江と舞が腰

元に化け、その屋敷へ策略を仕掛けて当主を切腹に見せかけて殺害し、浜幸屋の息子が賭場に出入りしていたことまでおもてに出さない措置を取ったのである。屋敷は当主が〝切腹〟であったため断絶にならず、八百石から三百石への格下げと屋敷替えの措置ですんだ。そのとき化ける衣装を用意したのは蓬萊屋であり、仁兵衛と箕之助とのつなぎ役に走ったのが嘉吉であった。

　その浜幸屋を箕之助が訪れ、帰りが〝思いのほか〟遅くなったことに、志江は不吉なものを感じた。箕之助の表情も、それを誘うものであった。

「また何かあったのか」

　頷いたあとつづけた寅治郎の問いに、

「ご時勢でしょうか、その後順風満帆のように見える浜幸屋さんにも、予期せぬ悩みがおありのようで」

　箕之助は言いながら卓袱台の座に着いた。

「えっ、どんな。また中間に化けやすかい」

　晩酌つきの夕飯の用意に台所へ入った志江と舞を尻目に、留吉は卓袱台のほうへ身を乗り出した。

「実は浜幸屋さん、日向さまに用心棒に来ていただきたいと望んでおられまして」

箕之助の言にすかさず台所から舞の声が飛んできた。息子を救われたときも、浜幸屋のあるじは寅治郎にそれを望み、

「──いや。俺は座敷よりも縁台のほうが好きでのう」

と、断った経緯《いきさつ》がある。

「それよりも、どういうことですかい。また若旦那がなにか？」

留吉が身を乗り出したまま、箕之助にさきを促した。

「さあ、まず熱燗から」

志江が台所から出てきて、舞も温めなおした焼き魚の皿を盆に載せてつづいた。

箕之助は軽く喉を湿らせ、

「順を追って話さなければならないのですがね」

話しはじめた。志江も舞もすでに行灯に火を入れ、卓袱台の座についている。散発的に湯呑みや箸が動く。

「えっ、そうなの!?」

舞が箸をとめ、思わず言った。この場のみか、金杉橋あたりから田町九丁目あたりまで、札ノ辻の捨て札を見た者ならすべてが耳をそばだてたくなるような内容で

あった。十数日前に立てられた、あの一対《いっつい》の捨て札に関わることである。現場になった芝の街道筋には噂としてながれていた。お犬さまを擁した武士団の短い列は、それは挟箱の家紋から確認できた。捨て札の一本が尋ね犬であることから、あの白い毛のふさふさとした犬は干鰯《ほしか》を咥《くわ》えたまままいずれかへ走り去り、いまなお見つかっていないということになる。

「――あの犬行列、実は浜幸の田町三丁目に向かっていたのですよ」

浜幸屋のあるじは言ったのだ。

「えっ」

居間の一同は声を上げた。そこまでは噂のなかに語られていない。話は俄然、身近で物騒なものとなった。

浜幸屋には武家の常連客も多く、そのなかの一人に犬目付の旗本がいた。浜幸屋のあるじ宇一郎《ういちろう》は座敷へ挨拶伺《あいさつうかが》いに出たとき、ついお愛想に、

「――手前どももお犬さまを一匹飼ってみたいものでございます」

言ったのがいけなかった。

「――ほう、それは殊勝な心掛け」

と、犬目付の屋敷から浜幸屋に一匹、贈呈されることになったのだ。言ってしまった以上断ることはできない。浜幸屋ではあるじの宇一郎から女将、番頭、板前《いたまえ》頭《がしら》までが鳩首《きゆうしゆ》し、対策を練ったという。

「——ならばあのとき、街道で干鰯を投げたのは」

箕之助は思わず浜幸屋のあるじに訊《たず》ねた。

「——ん、まあ」

宇一郎は言葉を濁した。いくら相手が大和屋の箕之助とはいえ、話すわけにはいかない。箕之助もそのあとは訊《き》かなかった。

「ふむ。なるほどのう」

寅治郎は頷いた。留吉も志江も舞も同様の表情である。浜幸屋なら、河岸《かし》に出入りし威勢もよく動作も敏捷《びんしよう》な板前が何人もいるはずである。

その後、犬目付から代わりの犬をとの話はあったが、浜幸屋では〝再度かかる事態がありましたなら、ご布令の主旨にも関わり……〟と、

「——鄭重にお断りいたし、その後の難は逃れたのですが」

宇一郎は言ったらしい。

「ですが……とは？」

志江が心配げに訊ねた。舞も留吉も箕之助に視線を釘付けている。

「まだ何か……そのほうが主題のようだのう」

寅治郎もさきをうながし、箕之助はあらためて話しはじめた。

「――まさか洩れたとは思えないのですが」

浜幸屋の宇一郎はつづけて箕之助に打ち明けた。脅迫があったというのだ。遊び人風体の男二人と武士が田町三丁目の浜幸屋を訪れ、あるじに面会を求めた。武士は若いがきちりとした身なりなので、粗相《そそう》があってはならぬと宇一郎は会った。

「――そのほう、聞くところに寄れば犬を飼いたがっておるとか」

若い武士の言葉はそれだけだった。あとは遊び人風体が引きとった。

「――へへへ。犬好きのお店《たな》で、朝起きると玄関先か庭先に犬の死骸が転がっていたりすれば、どうなりやしょうかねえ。あのときの白い毛の犬だったりすりゃあ事ですぜ」

それだけで、まだなにを要求するでもなかったが、さらに二日後の早朝、裏庭に首を引きちぎった雀《すずめ》の死体が投げこまれていた。

その日の昼間、宇一郎は金杉橋近くの座敷茶屋に呼ばれた。届けられた文《ふみ》に〝今朝の件につき〟とあれば行かないわけにはいかない。おとといの若い武士と遊び人風体が待っていた。ここでも会話は短かった。手馴れているようだ。犬の死骸を投げこまれたくなければ、五十両用意しろというのである。金額も浜幸屋なら時をかけずに準備できる範囲内である。

あるじの宇一郎は干鰯の一件を察知している相手と思い、逆らうことの恐ろしさから五十両を用意したという。受け渡しの場所は翌日、増上寺門前の繁華な一角であった。遊び人風体が来て、金を受け取ると素早く飲み屋や木賃宿のならぶ路地に消えた。寺社門前で奉行所の手が及ばず、その規模は泉岳寺門前など比較にならないほど広く、無宿人など雑多な者も住みつき、まともな者があとを尾《つ》けたり探りを入れたりできる場所ではない。

「――それが実は、きのうのことなのです」

浜幸屋のあるじは言ったのだ。

「馬鹿なことを、浜幸屋さんともあろうお方が」

志江が絶句するような口調で言った。強請《ゆすり》などする手合《てあい》は、一度味をしめると何度もおなじ手を使ってくるものである。座は沈黙した。

(干鰯の背後を知っている相手だったなら)

その懸念がある。懸念というよりも恐怖である。

「ますます、捨てておけんのう」

寅治郎が低い声で言った。恐怖よりも〝生類憐みの令〟への恨みが鬱積《うつせき》しているなかに、それを種《ねた》に強請をかけるなど、

（許せない）

思いが込み上げてくるのも寅治郎だけではない。

「旦那、用心棒に行きなさるかい」

留吉が助っ人を買って出そうな、またけしかけるような口調で言った。

「旦那ア」

舞も口を開いたが、とめる言葉は出せなかった。

「おまえさん。仁兵衛旦那はこのことを？」

志江は冷静な口調をつくった。

浜幸屋にすれば、大和屋は赤羽橋の蓬莱屋と一体であり、増上寺門前のように精通していることを知っているからこそ、箕之助に相談を持ちかけたのである。もちろん相手が二度、三度と強請をかけてくるであろうことを予想しての上である。当然そこには、寅治郎の存在が必要となる場面も予測できる。

「あしたにでも赤羽橋に行ってくる」

箕之助は志江にというよりも、座の全員に言った。

浜幸屋は、若いが歴とした武士が誰であるかも、一緒に来た遊び人風体が誰かも知らないのである。金の受け渡しに番頭を連れて行った。近くから目撃させ、秘かに相手の身許を探ろうとしたのだが、もとよりそれはできなかった。だが、対応を誤れば、浜幸屋の闕所《けっしょ》（家財没収）に加え、番頭なのかそれとも他の包丁人なのか、あのとき干鰯を投げた者の死罪が待ち構えているのである。

「ふむ。ともかく向こうの素性だ、おぼろげながらでも知ることが先決だな。どうも武士が混じっているというのが気になる」

寅治郎は干した湯呑みを卓袱台の上に戻した。低いが明瞭な口調だった。眼前にやるべき目標を得て、久しぶりに体内へ精気が流れたのかもしれない。

二

翌日、箕之助が出かける支度にかかったのは、太陽がすっかり昇った時分であった。舞と寅治郎はすでに茶屋に入り、留吉は車町《くるまち》の普請場で手斧を振るっていることであろう。

「じゃあ行ってくるよ」

敷居をまたごうとしたときである。玄関口に足音とともに影が立ち、

「あっ、箕之助旦那。お出かけですか。間に合った」

蓬萊屋の嘉吉であった。急いで来たのか額に汗が滲んでいる。

「どうした。いまそちらへ行こうと」

「えっ、ちょうどよかった。大旦那に言われまして」

「なにか変事でも？」

箕之助は訊いた。昨夜の話が念頭を占めている。

「まあまあ、嘉吉さん。そんなところへ立っていないで、さあ中へ」

志江もすかさず手招きし、居間のほうですぐお茶の準備をした。

「どういうことだね。旦那さまがなにか？」

箕之助は外出用の法被《はっぴ》を着たままである。

「はい。昨夜、大旦那が出先から帰って来られるなり、きょう早くに箕之助旦那のところへ行き、日向さまのようすを訊き」

「日向さまの？」

「はい。それと、田町六丁目で御田《みた》八幡の裏手にある伝馬屋《てんまや》で三車《みつぐるま》さんのようす

をそれとなく見てこい……と」

伝馬とは陸運業者のことであり、馬を使っておらず大八車だけでも一般に伝馬屋と呼称している。御田八幡神社は街道に鳥居《とりい》が面しており、その裏手といえば脇道を入り伝馬屋としては恵まれた立地ではないが、数年前ここに開業したとき大八車三台から出発したから屋号を三車としたらしい。いまでは車の台数も人も倍以上になっている。ちなみに御田とはそのむかし、朝廷に献上する米を作っていた御田がこの地にあったことからついた名で、田町や三田の町名はこれに由来する。

その田町六丁目の伝馬の三車が営業拡大のため、泉岳寺門前に隣接し街道に面した車町の一角に地借《ちが》りし移転する話は、箕之助は留吉から聞いて早くから知っているし、田町一帯でもずいぶん評判になっている。留吉はいま、その普請場に入っているのだ。

車町というのは、品川宿の江戸寄りのはずれに幕府御用の荷揚げ場があり、そこの伝馬御用の人足たちが住み着いたことから生まれた町名で、鼻息は荒かった。沿道の商家が荷運びを依頼すると、

「――へん、暇なときに来な。船が入《へえ》っているのに町家の物など運べるかい」

と、横柄だったのだ。舞など街道の茶汲み女たちも車町の人足を嫌った。

「――街道はよう、俺たちのためにあるんだぜ」

などと空威張りして憚《はばか》らないのだ。

そこを埋めたのが三車など民間の伝馬業者で、それが車町に地借りして営業するのは幕府御用への殴りこみであり、もちろんあるじにも人足たちにもその意気込みがあった。それが一帯で評判となっていたのだ。箕之助もむろん、その日を手ぐすねを引いて待ち、献残物の御用を得るため何度か顔を出している。あるじは重五郎《じゅうごろう》といい、大柄で人足を差配しながら自分でもねじりはちまきでまだ大八車を牽《ひ》いているという威勢のいい男だ。

「――重五郎旦那が普請を見に来た日にゃ、俺たちも張り合いが出るぜ」

と、留吉も言っていた。

大和屋の居間で嘉吉は言葉をつづけた。

「大旦那の昨夜のお出かけとは、増上寺門前の街道筋の浜松町《はままつちょう》で、そこの大野屋藤右衛門《とうえもん》さんからのお呼びだったのです。三車の重五郎旦那も一緒だったとか」

「どういうことだね」

箕之助はあらためて嘉吉に視線を据えた。浜松町の大野屋藤右衛門なら、会ったことはないが名は知っている。江戸府内東海道筋の大地主で、先祖は徳川の江戸開府以前からの地侍で姓を大野といったらしく、以前から蓬莱屋の得意先でとくに仁兵衛が重視し昵懇にしていた相手である。

江戸において武家屋敷はすべて拝領地であり、町家の地面は地主《じぬし》に地借《じがり》、店借《たながり》に分けられた。地主から地面を借り自分で家作を建てているのが地借で、地面も家作も借りて商いをしているのが店借である。蓬莱屋は地借だが箕之助の大和屋や三車は一戸建ての店借である。

町々の町役《ちょうやく》は地主や地借で構成され、あちこちに土地を持つ地主は、そこに住んでいなくてもその町の町役も兼ね、留吉など裏店《うらだな》住まいの住人から見ればまるで雲の上の人である。大野屋藤右衛門はその一人で、浜松町に住まいしていても芝や田町の町役に名をつらねている。

その大野屋藤右衛門から蓬莱屋の仁兵衛と三車の重五郎が呼ばれていたのだ。御田八幡裏手の地主は大野屋藤右衛門だが、蓬莱屋の地主は増上寺である。ならば仁兵衛が呼ばれたのはなぜか。やはり増上寺門前の事情に精通しているからであろうか。それに、なぜ三車と一緒に……箕之助は視線を嘉吉に向けている。

「なんでも橋向こうによからぬ噂が立っており、それがこちらにも波及しているようだ、と大旦那は言っておいでででした」

嘉吉は箕之助の視線に応えた。橋向こうとは増上寺門前や街道沿いの浜松町一帯を指し、こちらとは芝や田町のことである。

（まさか干鰯のことでは）

思い、箕之助は腰を浮かせ、

「心当たりがある。やはり仁兵衛旦那に会ってくる」

「それじゃ、わたしは大旦那に言われたとおり、三車さんのようすを。ついでに八丁目のほうも見てきます」

「ふむ」

ふたたび玄関に立ち箕之助は頷いた。寅治郎のことならむろん、三車のようすも箕之助に聞けば分かることだが、嘉吉に直接見聞させ報告を聞くことに、

（なにがしかの意義があるのかもしれない）

箕之助は思い、赤羽橋に向かった。志江はおもてに出て右と左に首を振り、心配げな表情で二人を見送った。

嘉吉が田町六丁目で鳥居の横から裏手にまわり、さらに八丁目の茶屋で、

「あら、嘉吉さん」

と、舞が声を上げているころ、箕之助は武家地を抜け赤羽橋を渡っていた。まだ午前《ひるまえ》である。

「ほう、やはり来たな」

仁兵衛は箕之助が来るのを見越していたようだ。

「思ったより早いな。嘉吉は？」

「はい。旦那さまに言われたとおり田町六丁目へ、それに日向さまのようすも直接見てくる、と。それよりも、わたしもきょう旦那さまを直接お伺いしよう思っていたところへ嘉吉が来たのでございます」

「ほう、おまえも何かつかんだのか」

仁兵衛は窪んだ小さな双眸を一瞬光らせた。二人はいつもの裏庭に面した部屋で向かい合っている。

「実はな、すこし気になることがあってな」

「と、申しますと？」

箕之助は膝を乗り出した。

昨夜、仁兵衛が話しこんだのはやはり大野屋藤右衛門と三車の重五郎で、他に人はいなかったらしい。

藤右衛門は真剣な眼差しだったという。その口から洩れた言葉は、

「――ちかごろ犬コロをネタに不埒《ふらち》な稼ぎをする者が横行しております。ご時勢とはいえ、許せません」

まず前置きした。痩せ型の体軀だが、いつもながら声の響きには凜《りん》としたものがある。その許せぬ不埒な者がどうやら増上寺門前に巣喰っているらしく、大野屋藤右衛門の家作からも被害者が出ているという。手口は飼い犬を誘拐して身代金を要求したり、野良犬の死骸を投げこんで見つけた振りをし、始末してやるからと金品をせしめたりというもののようだ。それも騒ぎにならぬよう二、三両か、せいぜい五両どまりで小刻みにやっているらしい。この額ならなんとか工面もつけられる。お犬さまがらみでは、被害者がお上に訴え出たりすれば飼い犬を盗まれるとは何事かと逆に咎《とが》めを受け、死骸を投げこまれたなどと申し出れば、本当にそうかと厳しい詮議が待ち受けることになるのだ。

「――人の恐怖心を利用した、小汚いやり口という他はありません」

大野屋藤右衛門は語気を強め、仁兵衛を呼んだのは、果たして増上寺門前に探りを入れてくれというものであった。

「――それらしいのが分かればお役人に知らせ、門前の域外に出たところで尾行し

現場を押さえれば、打ち首の土壇場に座らせることができましょう」

大野屋藤右衛門は言うのである。三車の重五郎を呼んだのも、その地面の地主として、何者かの〝小汚いやり口〟に関連するものであった。
二、三日前のことらしい。三車の大八車が増上寺門前の往還を走っていた。域内の干物問屋に納める干魚を積んでいた。舵取《かじと》りと後押しの二人掛かりで、伝馬の大八車は速いのが売りである。野良犬を轢《ひ》き殺してしまった。路傍には人がいる。女が悲鳴を上げた。近くの酌婦であろうか。人足二人は三車の印半纏を着ている。逃げることはできない。蒼ざめた。土壇場に座らされ、首を打たれる姿がとっさに浮かんだのであろう。二人は声もなくその場に身を硬直させた。折よく近くを歩いていた若い武士が駈け寄り、
「――案ずるな。早く荷台に隠し、いずれかに埋めてしまうのだ」

人足たちに言い、見ていた路傍の者にも、

「――さあ、そのほうらも何も見なかった。それでよいな」

念を押した。路傍の者たちは頷いた。場所柄ではない。どこの町でも住人たちはそうした旗振りがいたなら、内心ホッとするだろう。人足二人は竹が弾けたように言われたとおり犬の死骸を荷台の莚に隠し、

「――お侍さまっ」

「――恩に来ます！」

その場から走り去った。

人足から報告を受けた重五郎は驚愕し、

（――なんとよくできたお侍か）

名も知れぬ若い武士への感謝とともに夜を待ち、人足に命じて犬の死骸を海岸に持ち出し、砂に深く埋めた。訴人されれば、二人の死罪だけではない。あるじの重五郎も相応の処断を受けることになっていたのだ。

その話を、大野屋藤右衛門は持ち出した。街道に面した浜松町の西手一帯が増上寺門前である。噂が大野屋にも入ったのであろう。

「――そ、それは！」

三車の重五郎は柄にもなく慌てた。だが大野屋藤右衛門は笑った。

「――怪しいと思いませんか」

言うのである。あらかじめ用意していた犬の死体を、速さが売りの伝馬の大八車の車輪に投げこみ、そこへ武士が通りかかって恩着せがましく収める。

「――まだ、それを嗅ぎつけたという不埒者は来ませんか」

大野屋藤右衛門は重五郎に訊《たず》ねた。つまり、仕組まれた強請《ゆすり》である。三両や五両ではあるまい。人足二人の死罪に三車の闕所か遠島との引き替えである。その額は途方もないものとなろうか。

「――うーむ」

重五郎は唸った。それらしいのはまだ来ていないという。

大野屋藤右衛門は相談を持ちかける口調になった。強請に来たところを適当にかわし、逆にその面体を確認し間髪を入れず蓬萊屋が探りを入れれば、若い武士も含め背後の顔が見えてくるかもしれない。それを役人に知らせ、いずれかで捕縛させようというのである。

「――危ないですなあ」

仁兵衛は言った。三車の立場である。背後の顔を探り、大野屋藤右衛門の言うように不埒者どもを牢屋敷の土壇場に座らせるのはいいが、まともに奉行所が介在したのでは、三車は嵌《は》められたとはいえ犬の死体を隠したのである。無傷ですむはずはない。それに武士の身分によっては奉行所が躊躇する場合もあり得る。やるなら裏走りにしなければならない。説明すると、

「――うーむ」

こんどは大野屋藤右衛門が唸った。地主はいわば陽の当たる稼業であり、裏仕事などとっさに思いつかないのであろう。伝馬業も太陽の下での稼業だ。だからといって、実は……と仁兵衛がここで時には裏走りもすることを口にすることはできない。結局この日の話はそこまでだった。大野屋、三車、蓬莱屋が連繋し、不埒者が三車に仕掛けてくれば逆に面体を確かめ、間髪を入れず増上寺門前を探って背後の顔を焙《あぶ》り出し、策はそれから考えようということになったのだ。このとき、仁兵衛の脳裡には箕之助と寅治郎の顔が走っていた。

蓬莱屋の奥の部屋で、開け放した縁側から増上寺の樹林を経た爽《さわ》やかな風が入ってくる。

「旦那さま、実は」

箕之助は話した。その不埒者と思われる顔が、すでに田町三丁目の浜幸屋へも現れているのである。しかも、すでに五十両もの大金を取られている。若い武士がいたことも一致している。

「ふむ、箕之助」

仁兵衛の小さな双眸が光った。

「献残屋は他人《ひと》さまの奥向きに踏み入らぬようにするのが肝腎だが、これは奥向きではない。街道おもての重大問題だ」

「わたしも、そのように」

箕之助は返し、仁兵衛はつづけた。というよりも、腰を上げた。

「わしはこれからもう一度浜松町へ、おまえは帰りに再度浜幸屋さんへ、な」

差配すると上げた腰を思い出したように戻し、

「そうそう、それからもう一つ。大野屋の藤右衛門旦那から、三車さんが泉岳寺のほうの車町に引っ越せば、田町六丁目の御田八幡の裏手の地所が空くことになる。誰か後釜に入ってもらうにしても、町のためになるような商いのお人がいいと申されてな。心当たりはないかと相談されたのだ」

「はあ」

急に言われても箕之助はとっさには応えられない。だが仁兵衛の脳裡には、大野屋藤右衛門から相談を受けると同時に浮かんだ顔があった。

「その場では言わなかったのだが、日向さまはどうかと思ってな」

「はあ？」

箕之助は頓狂な声を上げた。無理もない。〝商いのお人〟と言ったすぐあとに寅治郎の名が出たのだ。

「剣術の道場だ」

「あっ」

つぎは感嘆の声だった。これからを生きる日向寅治郎にとっても、田町の街道筋の住人にとってもこの上ないことである。御田八幡の裏手に寅治郎が剣術の道場を開けば、七丁目から九丁目あたりの縁台に座っているのとわけが違う。それだけで従来どおり腰掛茶屋の一帯はむろん、四丁目の札ノ辻から果ては三丁目の浜幸屋のあたりまで睨《にら》みを効かせることができるだろう。

「さっそく日向さまに」

箕之助が言ったのへ、

「ともかく日向さまにその意志はおありかどうか、それとなく訊いておいてくれぬか。それよりもまず不埒者退治の件だ」

こんどは小柄ながらすっくと腰を上げた。

三

「六丁目の三車さんに変わった動きはなく、日向さまも八丁目あたりで相変わらず縁台に座っておいででした」

嘉吉は浜松町から戻ってきた仁兵衛に報告してからも、赤羽橋の店にゆっくりとどまっていることはできなかった。ようやく外を走り終え、畳の上に落ち着けたのは日が暮れてからであった。それも他所の畳で、金杉通り一丁目にある浜幸屋の支店である。奥の一部屋で、声が洩れぬよう隣の部屋には客を入れていない。留吉も印半纏のまま来ていた。寅治郎も一緒である。むろん箕之助も来ている。かつて浜幸屋を救った顔ぶれである。それに番頭をともなった大野屋藤右衛門と、三車からは重五郎に人足二人の顔もある。増上寺門前で犬の死体を荷台に隠した人足だ。もちろん浜幸屋のあるじに番頭の顔もそこにある。嘉吉も留吉も人足二人も、別室に控えているのではなく、恐縮したようにおなじ部屋で座を占めている。大店のあるじにお店者、印半纏の大工に車曳きの人足、さらに大小を差した総髪の浪人までいるのだから、しかも上座も下座もなくそれらが円陣を組んでいるとあっては異様というほかない。料理と酒を運んだ仲居たちも、

「いったい、うちの旦那さまは⁉」

などと目を白黒させていた。なにしろ、一歩踏みはずせば死罪に闕所が待っているのだ。仁兵衛は最初から総力戦の構えを見せ、それで大野屋藤右衛門に裏走りも

必要なことを説き、逆に浜幸屋へ呼んだのだ。大野屋藤右衛門と浜幸屋のあるじ宇一郎は初対面だが名は互いに知っており、浜幸屋も三車とおなじ立場に立っているとあっては、そこにわざわざ儀礼的な挨拶を交わす必要はなかった。寅治郎についても、大野屋藤右衛門が田町にも地面や家作を持っているとなれば、当然その名は知っていた。

「ともかく切り抜けねばなりませぬ」

仁兵衛の言葉で、一同はすぐ本題に入った。

大野屋藤右衛門の問いに三車の人足二人も、

「おかしいと思ってたんでさあ。前にも横にも犬など見かけなかったのに」

「みょうな男が腰をかがめ、そのときでさあ。アッと思ったのは」

言うにおいては、もはや大野屋藤右衛門の推測に疑問をはさむ必要はない。武士が声をかけてきたのも間合いがよすぎる。

「で、あっしは何をどうすればいいんですかい」

留吉が身を乗り出したのへ三車の人足たちもつづいた。

「その前にだ、やって来た武士というのは、歩き方はどうでござった」

「べつに変わったところは。普通でしたが」

寅治郎の問いに、浜幸屋宇一郎もその番頭も答えた。にわか武士が急に大小を腰に差したのでは歩き方がぎこちなくなる。それが感じられなかったとなれば、

「本物の武士のようだなあ」

「へへ。いかにお侍でも、金欲しさに与太なんかとつるんでるなんざ、百石かそこいらの三ピンに違いありやせんぜ」

寅治郎が返したのへ留吉が威勢よくつないだ。

「いや、そう決めつけるのはまだ早い。なにが釣れるやら。とんだ大物が引っかかるかもしれませんよ」

仁兵衛はたしなめるように言ったのへ大野屋藤右衛門が、

「そうかもしれません。だとしたら、高禄であればあるほど許せるものではありません」

言葉をつなぎ、一同は頷きを示していた。

「くそーっ」

歯ぎしりとともに呻《うめ》きを入れたのは人足二人であった。死ぬほどの恐怖に、この上ない感謝までさせられたのがよほど悔しいのであろう。重五郎とておなじで、

「やつら、仕掛けてくるのはいつごろになりましょうかなあ。三ピンだろうが高禄

だろうが、来るなら来やがれだい」

言ったのは決して強がりではない。事態が大きければ大きいほど、その反発もまた大きいのだ。

「まことに手前ども、恥ずかしい限りにございます」

恐縮した態で口を入れたのは、浜幸屋の宇一郎である。干鰯の件は溜飲《りゅういん》を下げるものであったが、あとがいけなかった。それの挽回もあろうが、今後の強請を断つ必要もある。そのまま言葉をつづけた。

「この部屋を本陣にし、みなさま随意に使ってくださいまし。伝令役も部屋に付けておきます」

地の利を得ての言葉である。金杉通りの浜幸屋支店は、蓬萊屋、大野屋、三車のちょうど中ほどにあり、増上寺門前の者が田町に行くにはかならず通る道筋でもあるのだ。

仲居が新たな酒の膳を運んできた。話は暫時《ざんじ》中断した。

「くーっ。たまんねえ、この香り」

さすがは浜幸屋か、出された酒の香に留吉は感嘆の声を上げ、

「こんな上物、めったにお目にかかれやせん」

人足たちも感動の態でさきほどの憤慨をしばし隅に追いやった。

話は再開された。

「向こうは種《ねた》を手にしているのです。きょう、この街道を通らなかったのが不思議なくらいです」

仁兵衛が言い、すかさず三車の重五郎が返した。

「すると、あしたにでも⁉」

「おそらく」

大野屋藤右衛門が受け、

「いい種を手にし、時を置くのは得策ではありませんからねえ」

断定するように言った。

「だったらその場で」

「おう」

人足二人はふたたび悔しさを呼び戻した。

「勇み足はいけませんよ。最初の仕切りは、顔とそやつらの背後を確認するだけですから。そこにあなた方の役目が重要なのですから」

「そ、そりゃあそうでやすが」

箕之助が諌《いさ》めるように言ったのへ、人足二人は応じながらもさらに動く役割を求めたいのか、仁兵衛や大野屋藤右衛門に顔を向けた。

「浜幸での寄り合い、かなり長引いているようね」

大和屋の居間で志江が言い、

「どうなってるのかしら」

応じる舞も心配そうな表情をつくっていた。女二人なので玄関の雨戸は閉めている。その雨戸に叩く音が響いたのは、そろそろ夜四ツ（およそ午後十時）の鐘が聞こえてこようかという時分であった。

「あっ」

「帰った」

志江と舞は反射的に立ち上がり、すでに用意していた手燭に素早く行灯から火を取り廊下を走った。雨戸を開けると、

「舞、帰るぞ」

留吉が提燈と一緒に顔だけ中に入れた。急がねばならない時刻である。

「ちょっと待って」

舞は外に出た。

「わっ、酒臭い」

「うるせえ。急げ」

江戸の町は日の出の明け六ツとともに動き出し、夜四ツにはすべてが静まる。いずれの町の木戸も閉まるからだ。

外に箕之助が立っている。金杉橋のほうから芝三丁目の大和屋には、留吉たちの塒《ねぐら》がある芝二丁目を一度通り越すことになる。寅治郎はさきに帰ったようだ。志江も見送るように手燭を持ったまま外に出た。

「で、あたしの出番はあるの」

「そんなのあるけえ。犬に水かけるのとわけが違うんだぞ」

「まっ」

「さあさあ、早く帰らないと木戸が閉まりますよ」

志江が急かした。

「すっかり遅くなってしまった」

居間に入った箕之助は半纏を脱ぐと疲れたように卓袱台の前に座りこんだ。志江は手燭の火を消し、

「で、どのように」

「あしたにも動きがあるかなあ。なにやら、大きな背後があるかもしれない」

「どのような」

志江は深刻そうに声を落とした。夜四ツの鐘が聞こえてきた。

四

動いた。

「これじゃ体がなまっちまいまさあ」

車町の普請場でも金杉橋の浜幸屋でもなく、御田八幡裏手の三車に朝から詰めていた留吉が気だるそうに伸びをしたときだった。詰めているといっても大工仕事があるわけではない。留吉が最も苦手な、ただ凝《じ》っと待つのが仕事である。浜幸屋の番頭も朝から一緒に詰めている。

「来やした！　来やしたぜっ、それらしいのが」

人足二人が奥に駈けこんできた。あの日、嵌《は》められた人足である。伝馬業で店場とは大八車の置き場である。人足二人は雰囲気から察したようで、奥のすき間から

あらためて店場を窺い、

「やはりあいつらだ。あのとき、すぐ近くにいやがった」

「うん。見覚えがあるぜ、やつらだ」

言っている。単衣《ひとえ》を着流しにした男二人は、いかにも遊び人と見てとれる。素早く店場から身を隠した人足たちに気づいていないようだ。

「なんでござんしょうか。ここで伺いやしょう」

店場であるじの重五郎が一人で対応している。遊び人風体二人はあるじと名乗る重五郎を髷からつま先まで値踏みするように眺《ね》めまわし、

「ここでとはなんでえ。俺たちゃさる立派なお武家の遣《つか》いで来たんだぜ」

「それもよ、お犬さまがからんでのことでよお」

相手が殺風景な店場で立ったまま茶を出すようすもないことに不満顔をつくり、端《はな》から〝お犬さま〟を切り出した。

(いつもと勝手が違うぞ)

思ったのかもしれない。遊び人の不意の訪れに重五郎はいささかもひるむようすを見せていない。それればかりか、

「立派なお武家にお犬さま？　なにを寝ぼけたことを言ってなさる。うちは急がし

いんでさあ。わけの分からねえことに付き合っている暇はねえ。さあ」

手で帰れとおもてのほうを示す。

「ううっ」

二人は戸惑ったようだが、そこは手馴れた遊び人である。

「ほう、それでいいのかい。俺たちがこのまま帰《けえ》ったんじゃ、あしたにでもこの店から獄門首を二人ほど出さなくちゃならなくなるんだぜ」

凄みを利かせた。

店場の奥のすき間から、浜幸屋の番頭が、

「間違いありません。うちへ強請を仕掛けてきたのはあの男たちです」

確認していた。

「ほう、あいつらですかい。若い侍ってのがいねえぜ」

留吉が一緒にのぞいている。

あるじの重五郎は挑発的であった。おもてを示した手をそのままに、

「さあ。帰らねえのなら若いのを呼ぶぜ。奥にはまだ出払ってねえ人足どもが何人もいるんだ」

「そうかい。それが三車という伝馬屋の返事かい」

「おめえさん、人足どもからなにも聞いていねえのかい。だったら教えてやろう」

遊び人風体たちは交互に増上寺門前での一件を話し、

「そのときのお武家から相談を受けてよ、どうもお上に背《そむ》くのはよくねえから訴え出たいと申されてなあ。なにぶん死罪が出る話だ。三車自体も闕所は間違いねえ。そんな重大なことだからよ、相手を確認しておかなきゃならねえと思って、そこで俺たちがここまで来たってわけよ」

「そのお武家と俺たちゃ昵懇でなあ。ま、なんだ。うまく話して、お武家がお上に訴え出るのを思いとどまらせてやってもいいと思ってたんだがなあ」

「そうよ。それをおめえさんと来た日にゃあ、こんな小汚ねえ店先で茶の一杯も出さずによう。いまからでも遅くはねえ。できれば穏便に済ませたいが。なんならお武家をここへ呼んでもいいんだぜ。すぐ近くまで来ていなさるのよ」

さきほどの人足二人はすでに田町三丁目の浜幸屋と金杉橋を越えた浜松町、それに赤羽橋の蓬莱屋に走っている。

「来やした。やつら、動きだしやした！」

息せき切って告げるはずである。

御田八幡を通り越した田町七丁目の腰掛茶屋にその武士はいた。二本差しが一人で縁台に掛け、茶を喫《の》んでいてもおかしくはない。だが、来たときは遊び人風体が二人付き添い、武士だけを残しすぐもと来た方向へ引き返したのは、

（なんだろう）

茶汲み女たちに奇異な印象を与えていた。武士でも老齢なら街道で茶を喫みながら春の陽射しを楽しむということもあろうが、その者はまだ若い。明らかに遠出の疲れをちょいと癒すために立ち寄った風でもなければ、人待ちのようでもない。こうした場合、女たちは一応の警戒に入る。

舞が八丁目から、そのほうへ視線を投げている。

（ひょっとしたら……あれがそうでは）

思っているうちに、遊び人風体たちが戻ってきた。舞のところからは見分けられないが、その茶屋の女は、

「いらっしゃ、あ、さっきの」

盆を小脇に持ったまま店先に出ようとした足をとめた。二人とも不機嫌そうな、険しい表情になっていたのだ。

「どうだった」

武士は茶代を縁台に置いて立ち上がり、

「手こずったようだな、その面《つら》では」

そこまでは茶屋の女にも聞こえていたが、あとは分からない。すでに若い武士と遊び人風体たちはもと来た方向へ歩み出している。

「やはり百両ふっかけたのか」

「三車のおやじめ、聞いちゃいねえなどとシラを切っていやしたが、どっちにしろ今夜にでも人足どもを詮議しやしょう。百両なら安いものだと気づくはずですぜ」

「で、あしたまた顔を出すことになりやしてね。ご舎弟さま、またご足労お願《ね》げえいたしやすぜ。きょうも無駄足じゃありやせんぜ」

「そう、ご舎弟さまが近くまでお出ましなってくださるんで、こちらも心置きなく事を進められるのでさあ。百両を承知させるときもお願えいたしやすぜ」

話しながら札ノ辻のほうへ向かっている。人通りの多い街道を歩きながらでは、隅でヒソヒソと話すよりもかえって人に怪しまれず秘密めいた話ができるものである。遊び人二人はさらに言っていた。

「へへへ。大きな声じゃ言えねえが、将軍さまもいいご布令を出してくだすったもんだ。犬コロで簡単に稼ぎができるんだからよ」

「それもご舎弟さまとご一緒させていただき、二両、三両と小刻みな稼ぎから一挙に五十両、百両と稼げるように……さすがは犬公方さまの旗振り役のお家。あ、これは失礼を」

「いや、それでいいんだ。あんな布令など、泣かせられる側より泣かせる側に立つほうがおもしろいではないか」

三人の足はすでに田町を過ぎ芝を抜け、金杉橋に近づいている。尾行がついている。印半纏に三尺帯の留吉だ。肩には手斧を引っかけ、どこから見ても大工そのものので、町家だろうが武家地だろうが寺社の境内だろうが、いずれを歩いてもまったく自然で奇異な感じには映らない。前の三人が振り返ったとしても、留吉の顔は知らないのだ。その人混みの後方には、三人の顔を確認した浜幸屋の番頭がつづいている。さきに出た人足たちの足は速く、とっくに蓬萊屋にも浜幸屋にも走りこんでいた。浜松町の大野屋藤右衛門にも知らせは届いていよう。

三人の足は金杉橋通りに入った。通りは三丁目から一丁目までつづき、そのさきが金杉橋で渡れば浜松町である。

一同が昨夜談合をしたのは、金杉橋通り一丁目の浜幸屋の支店である。その前を三人は通った。

「へん。この店もさっき通った本店といい、身代を考えりゃあ五十両ですますのはもったいねえぜ」

「そういうことだ。これからさきが楽しみだぜ」

遊び人二人は言っているのであろう。チラと浜幸屋の店先に視線をやり、鼻先で嗤ったように見えた。

「ふふふ」

一緒に歩を進めている若い武士も浜幸屋に視線を送り、口元を歪《ゆが》めたようだ。

その浜幸屋の中である。

「あっ、あの侍だ。チクショー、やっぱりつるんでいやがったか」

通りに面した部屋から、外が見えるように明り取りの障子窓をわずかに開けている。言ったのは赤羽橋に走った三車の人足である。さきほど蓬萊屋の仁兵衛と嘉吉の二人と一緒に浜幸屋へ入ったばかりだ。

「確かにあの侍と遊び人です。それが三車さんにまでも、許せませぬぞ」

絞り出すように、低く押さえた声だった。三車のもう片方の人足の知らせで、田町三丁目の本店から金杉橋の支店に先まわりしていた浜幸屋のあるじ宇一郎が言ったのへ、蓬萊屋の仁兵衛も、

「どれどれ、拝見」

障子窓にすり寄った。大店のあるじ二人が障子窓のすき間に張りついている図など、あまりいいものではない。そればかりではなかった。おなじように、

「うーむ」

外を見つめ、やはり低い声を出したのは総髪の日向寅治郎である。朝から田町三丁目の浜幸屋に詰め、宇一郎と一緒に金杉橋のほうへ移って来たのだ。

「日向さま、いかがでございましょう」

「うむ、太平の世だな。さほどの稽古は積んでおらぬようだ」

浜幸屋宇一郎の低い声に寅治郎は返した。相手の値踏みをしたのである。腕に覚えのある者なら、歩き方や身のこなしを見ればその者のおよその技量は分かる。寅治郎は、いま遊び人風体二人と一緒に歩いている若い二本差しをそう読んだ。

「わしの目にもそう見えますじゃ。およそ旗本のぬるま湯に浸かっている青二才といったところですかな」

「むむむっ」

仁兵衛がつづけたのへ、浜幸屋の宇一郎が悔しそうに呻いた。〝太平の青二才〟に、すんなり五十両を持っていかれたのだ。

「くそーっ」

人足も呻き、

「あっ。来ました、来ました」

印半纏に甲懸の留吉が、障子窓に集中している複数の目の前にさしかかった。

「では、わたしも」

部屋に控えていた蓬萊屋の嘉吉が腰を上げた。外に出るのと入れ替わるように浜幸屋の番頭が戻ってきた。

「三車の重五郎さんは策略どおり与太どもを追い返してくれました。あとはご覧いただいたとおりです」

と、御田八幡裏手での経緯を話す。作戦はすでに動いている。まずは敵情の物見《ものみ》からだ。大野屋藤右衛門が番頭をつれ、知らせに行ったもう一人の三車の人足と金杉橋の浜幸屋に入ったのは、そのあとすぐだった。

「留吉さんに会いましたよ」

藤右衛門は部屋に入るなり言った。街道ですれ違ったようだ。

「留吉さん」

「おう、間に合ったか」

本陣の浜幸屋の玄関前で嘉吉は声をかけ、留吉は前方の三人を顎で示した。昨夜の打ち合わせどおりに進んでいる。しかし、まだ物見の段階である。向後の進捗《しんちょく》は敵情の如何《いかん》にかかっている。

水の流れる音に大八車や下駄がひときわけたたましく重なり、響きは背後のものとなってすぐだった。金杉橋を渡ってから数本目の左手へ折れる脇道に、遊び人風体の二人は消えた。沿道の町家を抜ければ一帯は増上寺門前である。といっても金杉橋を渡ってすぐでは、山門に近い中心部から外れたかなり辺鄙《へんぴ》な一角となる。嘉吉は留吉と頷きを交わすと遊び人風体二人に着き、留吉は手斧を肩にかけたまま、さも仕事途中のようすで街道を若い武士のあとにつづいた。大野屋藤右衛門がすれ違ったのはこのときのようだ。人足はすぐに、

「――やつだ！」

武士に気がつき、藤右衛門の斜めうしろに身を隠した。武士はまったく気づかなかったようだ。それを浜幸屋で聞いた寅治郎は、

「――人通りのある街道とはいえ、用心のたしなみもない御仁だのう」

言ったものである。藤右衛門は人足に言われ、その武士へさりげなく視線を投げ

歩を進めたが、

「――まったく見知らぬ若い侍でしたなあ」

部屋に座してから言っていた。

武士は増上寺大門《だいもん》からつづいている広場のような通りとの交差点を過ぎ、新橋《しんばし》に向かう途中で左手に折れた。沿道の町家を抜けると武家地が広がり、その中心をなして街道とほぼ平行に南北へ走る往還は一般に愛宕下《あたごした》大名小路といわれ、一帯には大名屋敷や高禄の旗本屋敷が甍《いらか》と白壁《しらかべ》を連ねている。

(このあたりに住んでいるとなると、かなり高禄の若さまってことかい)

思いながら留吉は歩を進めた。人通りはない。ときおり紺看板に梵天帯の中間が通るのみだ。広い大名小路に出る一筋手前の脇道に入った。もちろんそこも両脇は白壁で、若い武士は重厚な門構えの耳門《くぐりもん》に消えた。

(さて、ここは)

留吉は前を通り越し、裏手へまわる路地に入った。そうした所にも入って行けるのは職人姿の強みである。腰元か中間が出てこないかと勝手口の前を二、三度往復した。

「おっ」

板戸が開いた。出てきたのは行商の者か、背中に柳行李《やなぎごうり》を背負っている。

「あのう、もし。つい屋敷の名を忘れやして、へへ。この中で普請などしておりやせんでしたかい。近くのはずなんですが」

声をかけた。貸本屋だった。屋敷奉公の腰元や若党《わかとう》らがお得意さんである
「そそっかしい大工さんだねえ。ここの備後守《びんごのかみ》さまのお屋敷じゃ、そんなようすはなかったよ」

「備後守さま？」

「おや、知らないのかね。池内備後守忠友《ただとも》さまといって、ほれ、今をときめく犬目付のお一人さ。このお屋敷、わたしにはいいお得意さんの一つだがね」

貸本屋はニヤリと嗤った。留吉は驚きを隠し、

「犬目付？　それに、あの若さで備後守さまなどと官名まで」

「若くはないさ。あ、お若い方ならご舎弟の忠之介《ただのすけ》さまだ。そのお人、お借りいただくより、最近はよくお買い上げいただいてねえ。ますますいいお得意さんで。じゃあわたしはこれで、まだまわるお屋敷がありますので。そうそう、あんた、場所を間違ってるんじゃないかね。この近くで普請をしている屋敷などないよ」

貸本屋は親切そうに言うと路地の角に消えて行った。

「こいつはひょっとすると事だぜ」

呟くなり町家にとって返し、

「ごめんよっ」

甲懸の足で手斧をかついだまま何度も人とぶつかりそうになりながら、もと来た道を急いだ。走るさきは金杉橋の浜幸屋である。

五

遊び人二人を尾けた嘉吉が本陣である金杉橋の浜幸屋に戻ってきたのは、留吉よりも遅かったがまだ陽はあった。三車の重五郎もそのあとすぐ浜幸屋に走り、箕之助も浜幸屋の丁稚から知らせを受け、昨夜とおなじ奥の部屋に入っていた。

一同はさきに留吉の報告を聞き、

「――池内備後守忠友といえば千二百石の高禄旗本で、確かに今は犬目付です」

「――干鰯のときの犬行列、その備後守さまからのものだったのですよ」

「――ほう。その弟なら詳しく話を聞くのも容易なはず。なるほど」

部屋では大野屋藤右衛門、浜幸屋宇一郎、蓬萊屋仁兵衛が話し、

「――くそーっ、千二百石だかなんだか知らねえが、犬目付の部屋住がてめえで犬の死体を仕組んで百両もふっかけやがるたあ」

三車の重五郎は怒りを顕《あらわ》にしていた。

武家に生まれれば長男以外に財産の分与はなく、女なら他家に嫁ぐことができるが、次男三男なら家督を継いだ長兄に養われる部屋住として所帯も持てず、屋敷内で一生を終える運命が待ち受けている。武芸や学問に秀《ひい》でて養子の口がかかるのを待とうと努力する者もいるが、池内家部屋住の忠之介は努力よりも兄の役職を利用し強請《ゆすり》の道を考えついたのだろう。

「――どうやら、背景が見えてきたようでございますねえ」

部屋の隅に遠慮深げに座っていた箕之助も言った。それをもたらした留吉は得意気な表情をつくっている。

遅れて戻ってきた嘉吉の話は、見えてきた敵情をさらに明確にするものだった。

「二人の塒《ねぐら》は沿道の町家を通り越し、門前でも場末の木賃宿でございました」

献残屋の手代なら当然御用聞きの伺いを入れている。収穫はあった。

「――あの二人かい。なに、街道のほうで見かけたって？　ここでもう一月《ひとつき》ほどになり、どうも胡散臭《うさんくさ》いのだが、金払いがことさらいいので置いているだけだがね。

街道でなにをやってたね」

宿のあるじは逆に訊いてきたという。木賃宿といえば蚕棚《かいこだな》のような寝床《ねどこ》に宿賃は日払いだが、その二人は奥の板壁で囲った五、六人は寝泊りできる部屋を借り切っているというのである。武士と一緒だったところまで話すと、さらにあるじは言ったらしい。

「――ほう、そうですかい。ここにも一度、若いお武家が来て驚いたことがありまさあ。浪人じゃない、歴とした身なりの侍で、どこかの屋敷の用人だろうかねえ。そういやあ権左《ごんざ》と右源《うげん》のあの二人」

と、その遊び人たちの名を口にし、

「――渡り中間でもやってたらしく、ご舎弟さまなどとその侍を呼んでいたなあ。どこの屋敷だって？　そんなの知らねえよ。ともかく金には困っていねえようだ。それに、さっきも帰《けえ》ってきたように昼間ぶらぶらしてることもあるようだが、夜にはちゃんと部屋に戻っている。盗賊なんかじゃないので一応安心できるってとこかな」

木賃宿の目は案外確かなところがある。お尋ね者や盗賊などを長期にわたって泊めたりすれば、加担者の疑いをかけられ厄介なことになるのだ。

「その侍たあ、池内屋敷の部屋住に違《ちげ》えありやせんぜ。あっしが聞いてきた池内忠之介ですがね、その権左と右源とかぬかす野郎たちが以前池内屋敷に渡り中間で奉公していたとすりゃあ、そこの部屋住と結びついてもおかしかねえですよ」

留吉の立てた推測に、周囲は頷いていた。だが、部屋住とはいえ千二百石の旗本屋敷が相手となれば、憶測だけで事は進められない。しかも犬目付とあっては何がどう飛び出してくるかもしれないのだ。

「あしたの夕刻、ふたたびここで。よろしいですかな」

いっそうの物見が必要なのだ。大野屋藤右衛門は一同に念を押した。

物見というよりも、探索のための一日であった。動いたのは蓬莱屋と大野屋藤右衛門である。敵も動いていた。

あくる日の午前である。権左と右源はいつもの遊び人風体で金杉橋を渡った。池内忠之介も一緒だった。そのまま街道を芝や田町の南方向に向かっている。

「ふふ、来やがったぜ」

ぬかりはない。田町三丁目の浜幸屋本店の、街道に面した障子窓の内側で留吉は呟いた。あるじの宇一郎も寅治郎もその部屋にいる。きょうも寅治郎は朝から浜幸屋に詰めているのだ。池内忠之介たちが再度の強請をかけてきたときの用心である。だが、田町七丁目から九丁目の茶屋の亭主や女たちは心配だった。

「――心配ありやせんぜ。あっしらがすぐ近くにいまさあ」

留吉の棟梁がときおり車町の普請場から田町のほうへまわってくる。

「――いや。きょうあしたのことじゃなく、まさか鉄扇の旦那、別のいい用心棒の口を見つけなさったのでは」

舞はまわりから何度も訊かれ、

「――そんなことありゃしませんよ」

応えていた。

池内忠之介たちは御田八幡のほうに向かっている。留吉があとを尾けたのは、一応の確認をするためである。三人の行動は、果たしてきのうとおなじだった。ただ違うところといえば、遊び人の権左と右源を迎えた三車の重五郎が怒りを抑え、

「二日、二日だけ待ってくれ」

うろたえた態《てい》をつくったことである。権左と右源は承知した。

「うまく進んでいるようですなあ」

街道を増上寺の方向へ戻っていく三人の顔を障子窓から確認し、

「そのようだ」

浜幸屋のあるじ宇一郎が言ったのへ寅治郎は返していた。三人とも大金が入る顔をしていたのだ。

「それよりも浜幸の旦那、廊下か天井で修繕するようなところはありやせんかい。夕方まで凝っとしているなんざ、体がなまっちまいまさあ」

尾行から戻ってきた留吉は、部屋に入るなり言っていた。

蓬莱屋の仁兵衛は朝から町駕籠に揺られていた。浜幸屋の障子窓に寅治郎たちの目が張り付き、池内忠之介らが御田八幡のほうへ向かうのを確認していた時分である。仁兵衛の乗った町駕籠は街道の京橋を越え、八丁堀に向かっていた。昵懇の与力を訪《たず》ねたのである。

「ほう。春の陽気なのに、おぬしもなかなか忙しいようだのう」

泉岳寺門前での付け火騒ぎにつづいて訪《おとな》いを入れてきた仁兵衛を、与力はいくぶんの緊張をもって迎え、さらに用向きを聞くなり、

「ふむ。こんどは増上寺門前か！」

居ずまいを正した。与力が〝こんどは〟と言ったのは、泉岳寺門前につづいての

意味ではなかった。仁兵衛は与力に、近ごろ浜松町などで犬の死骸を庭に投げこんで強請を働く不逞の輩が横行しているが、他に似たような犯罪はないかと訊ねたのだ。仁兵衛はその不逞の輩が増上寺門前に塒を置き、背景には愛宕下大名小路の犬目付池内備後守忠友の舎弟が関わっているらしいところまで話した。

「ふーむ。さすがは人の裏に通じている献残屋だ。実はのう」

与力は感心の態を示し、上体を前に乗り出して語りはじめた。内容は仁兵衛が予測していた以上のものがあった。

町奉行所は権左と右源の名も把握し、その背後に池内備後守忠友の歳の離れた弟が介在していることまで突きとめていた。それに権左と右源は渡り中間で、きのう留吉が浜幸屋で言ったように備後守の屋敷に年季奉公をしていたことがあるそうな。しかも犯行は一年以上も前からで、前は江戸城北側の川越街道に近い護国寺《ごこくじ》門前の音羽町《おとはちょう》で、その前は伝通院《でんづういん》門前の近くであったそうな。いずれも町奉行所の手が届かない区域である。お犬さまに関して不審な点があったときなど、池内忠之介ならその者を容易に特定することができる。強請の種は多いのだ。寺社ではないが浜幸屋の干鰯の件など、まさにそれであったろうか。仁兵衛の脳裡にめぐる。三車の災難などは、積極的に強請の相手を作った例となろう。

「ともかく犬の誘拐や死体の投げこみなども多くてのう。しかも噂ばかりで被害者は自身番に訴え出ない。犯人は味をしめ、あちこちでやっているって寸法だ」

「隠密裏に探索の手は入れないので？」

「相手に気づかれ、備後守の屋敷に逃げこまれてみよ。寺社の門前よりもさらに手は出せなくなる。ひょっとすると、備後守が承知したうえでの犯罪かもしれぬしのう。そこまで奉行所は探索できぬ。町家で犬の死体でも投げこんでいる現場を押さえれば話は別だが、どこに現れるかもしれない相手に配置できるほど当方に人員はそろっておらん。ともかく、そやつらが増上寺門前に巣喰っているというのには、気をつけておこう。だがな」

与力はつづけた。

「愛宕下の大名小路は、増上寺の門前からすぐ近くだ。奴らにとっちゃあ、それだけ安心なのかもしれぬわ」

「ならば、もしもでございますよ。もしも」

仁兵衛は与力の顔をのぞきこむように言った。

「権左と右源、それに池内忠之介とやらを人知れず誅殺《ちゅうさつ》する者がいたとしたなら、奉行所はいかがなされます？」

与力は受けた視線を仁兵衛に返し、

「それで諸人《もろびと》が安心できるなら奉行所も手間がはぶけ、この上ないことだ……と言いたいがのう。それでは備後守は安泰だ。かえって、厄介な部屋住が始末できたと喜ぶやもしれぬわ」

与力の口調は、吐き捨てるようであった。きょう仁兵衛が訪ねてきて、日ごろ苛立ちを覚えている事件を舌頭に乗せることができ、いくぶん安らぎを得たようでもあった。仁兵衛が帰り支度で腰を浮かせたとき、

「もしもだな、誅殺……か。俺の配下の同心たちな……深くは、探索しまいよ」

考えながら、かぶせるように言った。

「ふふふ」

大野屋藤右衛門も町駕籠を走らせていた。藤右衛門の不意の訪問を受けたのは浜松町の近辺ではなく、四ツ谷や市ケ谷《いちがや》、牛込《うしごめ》など離れた土地に点在する同類の者、つまり地主仲間たちであった。そうしたところを、

(出来るだけ広い範囲から集めよう)

藤右衛門は選んだのである。正解だった。いずれもが、

「いやあ藤右衛門さん、浜松町のほうもですか」

異口同音に応えた。家作を多く持っていると、それだけ巷間《こうかん》の噂もまた切実に入ってきていたのだ。

「うちの裏庭にも投げこまれましてねえ。始末をつけてやるからと、面倒なので十両もくれてやるとあとからまた来て、なんだかんだと三十両。そうですか、それが大野屋さんの近辺にも。そりゃあ、お気をつけなさいましよ」

悔しそうに言ったのは牛込に住まいする地主であった。そこは護国寺門前の音羽町に近い。地主はさらにつづけた。

「脅《おど》しに屈した自分が情けなくなりますが、そうさせたあのご布令に憎悪を感じますよ」

牛込の地主は大野屋藤右衛門と相当昵懇の仲だったのだろう。本音をその場にながした。

「まかり間違えば死罪。人さまの命が畜生の命より軽く扱われるのですから。そのほうが非道《ひど》いですよ。あの犬公方……」

実際にあったらしいのだ。音羽町に気骨のある蕎麦屋の亭主がいて、投げこまれた犬の死骸を投げ返し、役人に引かれて首を打たれたらしい。

「町内から多額の香典が集まり、わたしも噂を聞き、脅し取られた金子《きんす》を超える額を包みましたよ。これが、わたしにできる精一杯でした」

大野屋藤右衛門は、そこに犬目付の舎弟がからんでいることを話せなかった。話せば同業はさらに憤慨し、みずから死罪になる原因をつくりかねないと思われたからだ。もちろん四ツ谷や市ケ谷の同業も、強請への憎悪は当然ながら綱吉将軍への嫌悪を、言葉を変えて表現するのに躊躇はしなかった。

大野屋藤右衛門の乗った駕籠が金杉橋を渡り駕籠尻を地面につけたのは、まだ陽が沈む前であった。途中、自宅に立ち寄ったのか駕籠には番頭を従えていた。これからの軍議に考えるところがすでにあるようだ。

蓬萊屋の仁兵衛はとっくに八丁堀から戻り、今宵も帰りが遅くなることを予測してか手代の嘉吉をともなっていた。寅治郎をはじめ箕之助に留吉、それに三車の重五郎もすでに金杉橋の浜幸屋支店に顔をそろえている。

大野屋藤右衛門が番頭をともない奥の部屋に入るなり話は進んだ。まさに秘密の軍議であり、浜幸屋あるじの宇一郎はきょうも隣の部屋を空き部屋にしていた。

仁兵衛は藤右衛門の話す内容にますます意を固め、藤右衛門は仁兵衛の言う八丁堀の話で、番頭をともなったことに確信を深めた。もちろんそれは、ここに集まる面々というよりも、内容を知れば江戸庶民全体のものとなるはずである。そこには武士たちも同感するであろう。

「いますぐにでも埘を襲って権左と右源の素っ首を叩き落とし、犬の首と一緒に備後守とやらの屋敷へ投げこみたいですぜ！」

「そうともよ三車の旦那！　あっしも行ってこの手斧を打ちこんでやりますぜ」

三車の重五郎が吐くように言ったのへ留吉がつなぎ、嘉吉も同調の色を示した。

「その策をどうするかでしょう」

箕之助は静かに言った。寅治郎も頷きを見せた。

「だからです。だから三車の重五郎さんに、二日の余裕をつくってもらったのじゃありませんか。その策を練り、実行するための二日間です」

大野屋藤右衛門も落ち着きを見せ、

「あそこは寺社の門前です」

あらためて確認するように言った。そこに話した大野屋藤右衛門の一案に、

「なるほど、妙案かもしれませんなあ」

仁兵衛が頷きを入れた。

そこに町奉行所の手は入らない。だからであった。店頭《たながしら》というのがいた。幾人もの乾分《こぶん》を手元に置き、域内の女郎屋や水茶屋、飲み屋などから見ヶ〆料《みかじめ》を取って揉め事を処理するなど、町の治安を維持している。見ヶ〆とは、見張りをしっかりするという意味で、増上寺門前のように町の規模が大きければ店頭の数も多い。もちろん首座に就く店頭がいないとき、その町は乱れる。さいわい現在《いま》の増上寺門前には、確かな首座の店頭がいた。その店頭と、仁兵衛も大野屋藤右衛門も面識がある。蓬莱屋の仁兵衛にとっては上の部類に入る得意先であり、また店頭から大野屋藤右衛門を見れば、域内ではないが近くの町の大旦那ということになる。

その増上寺門前の店頭をこの場に呼ぶため、大野屋藤右衛門は番頭を連れてきていたのだ。番頭が藤右衛門に言われ、席を立った。箕之助たちも寺社門前の秩序が保たれている構造は知っている。その首座にある人物を呼び、そこに話される内容は言わずもがなである。店頭たちは域内の治安を守るためには体も張るが、外に出て悪戯《わるさ》を働くことはない。その一環であろうか、寺社門前のどの路地に入っても野犬を見ることはない。将軍家から人間さまより大事にされている犬といえど、外来の迷惑ものに違いはない。秘かに処理されているのだ。

近くでもあり、思ったほど待つことはなかった。店頭は大野屋藤右衛門のお呼びとあっては取るものもとりあえず駈けつけたようだ。来る道すがら、大野屋の番頭から簡単ながら事情を聞いていようが、

「へい、ごめんなすって」

着流しに帯をきちりと締め法被《はっぴ》を羽織った姿で一礼し、

「ほう」

感心と怪訝《けげん》をおりまぜたような表情をつくった。陽が落ち、薄暗くなった部屋に地主に大店のあるじやお店者、浪人者に大工職人から伝馬の親方らが膝をつき合わせているのだ。そこへ裏の道に生きる者が加わったのだから、仲居たちが新たな膳とともに行灯に火を入れいくぶん明るくなったものの、部屋の異様な光景はさきほどより増していた。なるほど店頭は日々に体を張っているせいか締まりがあってひと癖ありそうな面構えだが、寅治郎の精悍さとは異なる。

「さあ、お頭《かしら》」

大野屋藤右衛門は店頭を立てて呼び、一通りの顔合わせをすると、さっそく本題に入った。

さすが店頭か、音羽のほうで打首になった者が出た話などにはさほど驚いたよう

すも見せず、

「さようでございましたか。近くで伝馬の大八車が犬を引っかけ、みょうな収まり方をした話は聞いておりやす。気にはなっておりやしたがあそこは域内《うち》と堅気《かたぎ》衆の境の往還で、お侍までいたことから深くは考えておりやせんでした。やはり域内に塒を置く野郎の仕業でしたか」

と、飲みこみは早く、三車の重五郎に向きを変えると、

「域外《よそ》の、しかも堅気《かたぎ》のお方にご迷惑をおかけしていたとは、手前ども、恥じ入るばかりでございます」

鄭重な言葉とともに深々と頭を下げた。その仕草も口調も、本心からのものと見てとれる。だがそこに出た言葉は、大野屋藤右衛門や蓬萊屋の仁兵衛が考えていたものとは違っていた。

「権左に右源と申しやすか、その二人。へい、間違いなくこちらで落とし前をつけさせていただき、三車さんには向後、心置きなく増上寺門前の界隈で商いをしていただくように致します」

明瞭な口調である。だが、池内忠之介の名が出てこない。藤右衛門や仁兵衛、それに寅治郎に重五郎らも加えた一同の思惑は、与太二人の息の根をとめると同時

に、池内忠之介の罪状を世間に向けて明らかにし、犬目付の備後守に幕府からの処断が下るように仕向けることであった。ところが店頭は、千二百石だろうが犬目付だろうがまったく関心がないといったようすで、

「町家で犬を蹴り殺したお人が域内に逃げこんで来たというのなら、それが誰であれ命にかけてもお守りいたしやしょう。さきほど名の出た二人を始末するのは、それを裏返した、同様のことと思ってくださせえ。ですが、こちらから出かけて、余所さまへ仕掛けるようなことは一切いたしやせん」

また明瞭な口調であった。たとえ奉行所であっても域内に手を出させない代わりに、域外のことには何があっても手を出さない……特定域の秩序を守る断固たる方途である。大野屋藤右衛門も、裏の道に通じているはずの仁兵衛も、あらためて店頭という者の存在理由を知らされた思いになった。

「ふむ、さような生き方もあったのだなあ。おもしろいことよ」

寅治郎は感じ入ったように口を開き、一同に視線をながした。

(あの二人は店頭に任す)

同意をうながしているのだ。一同は頷かざるを得ない。だが三車の重五郎は、

「ですが、池内忠之介はどういたしやす。野郎が最大の悪党ですぜ。まさか、この

ままってことじゃあ」

口を入れた。当然ながら、

「そこです」

仁兵衛の言葉に、一同はふたたび頷いた。座は、振り出しに戻ったように新たな軍議の場となった。異なるところといえば、ながれの一環か店頭もそこに加わっていたことである。

留吉は不満顔であった。店頭承認のもとに木賃宿へ乗りこみ、寅治郎が鉄扇で一人の首根っこを叩き折れば自分はもう一人の首に手斧を打ちこみ、その首を持って池内屋敷へ押しかける図を描いていたのだ。店頭は留吉の表情にチラと目をやり、

「池内忠之介とかの部屋住、許せねえことに違えはありやせん」

ポツリと言った。

六

その店頭の遣いの者が浜松町に走り、木賃宿にいた無宿者二人の痕跡《こんせき》が消えたと大野屋藤右衛門に告げたのは翌日、陽が昇ってからすぐのことであった。痕跡が消

えたと言うからには、死体の処理も終えたということであろう。

（なんとも素早い）

藤右衛門は思うと同時に、背筋に冷たいものが走るのも覚えざるを得なかった。

だが、それによって次の幕が開くのは、昨夜の談合で承知したことである。

浜松町からは大野屋の番頭が金杉橋に走り、さらにそこから赤羽橋の蓬萊屋と芝三丁目の大和屋にも知らされ、大和屋からは箕之助が田町三丁目の浜幸屋と六丁目の三車に向かった。

「おまえさま」

志江は玄関まで出て見送った。

「なあに、心配はいらないさ」

「でも、留吉さん。一刀のもとに斬り殺されないかしら」

「うっ。縁起でもないことを」

その危険性がまったくないとは言えないのだ。

留吉はきょうも寅治郎と一緒に浜幸屋本店に詰めている。

「へっへっへ。さあ、行きやしょうか、旦那」

と、大事な役目を与えられたことに朝から張り切っていた。

三車でも重五郎が知らせを待っている。

「いいか！　野郎どもっ」

人足たちに声をかけていた。きょう手のすいている大八車は三台だった。あのときの人足はそこにいない。怒りのあまり不用意な行動を起こさせないため、重五郎が故意に別の仕事に出したのだ。だが、他の人足たちも事情を知り、ともにいきり立っていることに違いはない。

「おーっ」

それらは声に出した。その先の田町八丁目では、

「舞ちゃん、どうしたの」

隣の茶屋のお仲間が声をかけてきた。朝から落ち着きがなかったのだ。

「ん、ううん。なんでもないの」

舞は答えていた。昨夜、大和屋の居間できょうの策を聞かされたとき、

「――その役、あたしやりたーい」

言って志江からたしなめられ、

「――へん、おめえじゃまごまごしてて斬り殺されちまうぜ」

留吉からも言われたものである。その策が動き出すのは、きょう午《ひる》すぎである。

太陽が中天にかかろうとしている。増上寺門前の一角から、小脇に風呂敷包みを抱えた着流しの若い男が一人おもてに出てきて、愛宕下大名小路のほうへ歩を進めた。風呂敷包みからは、鈍い紙の音がする。油紙だ。幾重にも厳重に包まれているのであろう。

男の足は増上寺の大門から東海道へ向かっている広場のような往還に入った。参詣客もいるせいか人通りは多い。男はその人混みにまじり、聞かされていたとおり空の大八車を中心に浪人者、大工職人、お店者らがたむろしているのをとらえた。そのなかからかすかに頷き合う視線を送ったのは箕之助である。

「へへ、いよいよだぜ。旦那、あっしから離れねえでくだせえよ」

留吉が念を押すように寅治郎へ言っていた。

男の足は大名小路を踏み、脇道に入った。さらに曲がって路地道に歩を進め、白壁に穿《うが》たれているような勝手口の板戸を叩いた。池内備後守の屋敷である。半開きの板戸から中間が顔をのぞかせた。

「ご当家お部屋住の忠之介さまにお取次ぎを。増上寺門前の権左と右源に頼まれて来た遣いの者だとお告げくださいまし」

男は鄭重に腰を折った。

「おう、あのお二人さんかい。最近よくご舎弟さんを訪ねて来なさるが、きょうはどうしたね。ちょっとここで待っていな」

やはりかつて同輩だったか、中間はすぐに応じた。脇道を空の大八車が通った。うまく運んでいるかどうかの物見だ。人足は、さきほどの男が風呂敷包みを小脇に勝手口の前に立っているのを確認した。順調に進んでいるようだ。

待つほどのこともなかった。板戸に足音が近づき、顔をのぞかせたのは若い武士だった。権左と右源と聞き、慌てるように出てきたようだ。

「あの二人の遣い？　どうした、何かあったのか」

言いながら忠之介は路地に出てくる。つぎに田町四丁目の三車へ出向くのは明日である。それをきょう不意に訪れれば、不手際が生じたかと乗ってくるはず……きのう浜幸で話し合われたことである。男は決められた口上を述べる。

「へい。あのお二人とおなじ宿に入っている者でございます。きょう不意に頼まれまして、言付けがございます」

「ふむ。申せ」

乗ってきた。策は進んでいる。権左と右源がすでにこの世にいないなど、忠之介は知る由もない。

「申します。いま進めている仕事で急に手当てが必要となり、さきに行っております。ご舎弟さまにはこの包みを持って、急ぎ昨日とおなじ茶屋にお越し願いたい、と。この包み、なんなんでしょうか、そこまでは聞いておりませんが」

男は一言つけ加え、風呂敷包みを押しつけるように渡すと、

「ともかく急ぎとのことでした」

「ふむ、急いでだな」

忠之介が風呂敷包みを両手で持ち、問い返したときには、

「では、あっしはこれで」

男はきびすを返していた。忠之介は手に持ったときから、その中身がなんであるかを感じとっていた。

(三車がゴネだしたので、ダメ押しでもするのだろう)

忠之介は思い、屋敷の中へとって返した。さきほどの男の口ぶりで、

(あの遣いの者は内容を知らされていない)

安心感を覚える。すぐに出てきた。羽織袴を着用している。包みを小脇に街道の

ほうへ急ぎ足になる。大八車が一台通り、それを確認した。

その足が、武家地と街道に沿った町家との境の往還に入ったときである。片側は武家屋敷の白壁で、片方には表店《おもてだな》の長屋がならんでそれぞれに暖簾を出しており、急に人通りも増える。大八車が一台、

「どいた！　どいた！」

風呂敷包みを抱えた池内忠之介の背後に突進した。往来人は男も女も声を上げ避けようとする。

「おおぉ！」

忠之介も風呂敷包みを手で押さえ横っ飛びに避けた。その瞬間である。

「おうっと危ねえっ」

手斧を肩にした職人姿がぶつかった。留吉である。

「うおっ」

忠之介は吹き飛ばされるように尻餅をつき、風呂敷包みを地面に放り出した。

「気をつけなせいっ」

留吉は一喝すると手斧ですくい取るように風呂敷包みを拾い上げ、

「おうっ、土まみれになっちまったい」

故意に中身を探るように土を払おうとした。

「触るなっ、無礼者！」

起き上がりながら言う忠之介に留吉は一歩跳び下がり、

「無礼者？　ここは半分町家ですぜ。それに包みのほこりを親切に払ってやろうとしてるんでぇ」

「むむっ。さあ、返せ」

忠之介はつられて一歩踏みこむなり刀の塚に手をかけた。

「どうした、どうした」

「おっ、職人と侍の喧嘩だぜ」

「おもしれえっ」

周囲から声が上がり、人だかりができはじめた。

留吉は甲懸で身は軽い。さらに一歩うしろへ跳ぶなり、

「おっ、この包み。やわらかいですぜ」

「よせっ、よさんか！」

忠之介は切羽詰《せっぱつま》ったように刀を抜きかけた。

「おおぉぉ」

周囲がどよめいた刹那《せつな》であった。人垣から浪人風体が跳び出し、

「ギェーッ」

忠之介の悲鳴だった。刀を半分抜いた右手に抜き打ちを受け血潮とともに指が三本、地面に吹き飛ぶように転がり落ち、さらに浪人風体の身はその場に舞い刀の切っ先を一閃させた。浪人はむろん総髪の寅治郎である。

「おおうっ」

留吉は声とともに風呂敷包みを放り出した。風呂敷とともに中の油紙が斬られ、地面で中身が半分むき出しになった。犬の死骸である。

「おぉぉぉぉ」

人垣は驚愕したように一歩二歩と退いた。

「し、知らん。俺はなにも知らんぞ!」

忠之介も一歩あとずさりした。刀の柄にかけたままの右手を左手で包みこむように押さえている。

「おおっ、このお侍。犬目付の池内備後守さまのご舎弟ですぞ。たしか池内忠之介っ」

人垣の中から言ったのはお店者風の箕之助であった。さっきから騒いでいたのは

三車の重五郎に蓬萊屋の嘉吉、それに増上寺門前の店頭の配下たちであった。最初の遣いに出たのもむろん、その配下の一人である。あたりにはすでに往来人が集まり、町の住人たちも飛び出してきている。

「どうしたのだっ。なにがあった！」

町家のほうから駈けつけて来たのは、捕方を二人ほど従えた町奉行所の常廻り同心であった。仁兵衛の手配である。

「――きょう午《ひる》ごろ、大名小路と隣り合わせの町家あたりに、おもしろい見物がありますれば」

と、与力に伝えていたのだ。

「い、犬！　死んでおるのかっ」

同心はふところから朱房の十手を出すなり手から血を噴出させている若い武士に向けた。

「そう、そのお侍ですぜ！」

「犬目付の舎弟？」

「それが、人間さままで殺そうとしたっ」

同心にまわりの者が口々に言う。もはや人足や店頭の配下たちだけではない。往来人が、町の住人が、叫ぶように言っているのだ。

「し、知らん！　違う、違うぞっ」

忠之介は手を押さえたままさらにあとずさり、

「ふ、不浄役人！　ここは町家だっ。よきように始末をつけいっ」

言うなり野次馬を何人か押しのけ、指から血をしたたらせながら武家地のほうへ走り出した。

「待てーっ。逃げるかあっ」

町人たちが追いかける。先頭を駆けているのは箕之助に嘉吉、重五郎、それに店頭の配下たちであった。うしろから追い越そうとする者を、なんと手でさえぎっている。追いかける住人たちは殺気立っている。

「野郎！　とっ捕まえろーっ」

「逃がすなーっ」

何人かが一群となって箕之助たちを追い越した。脇から走り出てきた大八車が、

「おっとと、ごめんなすって」

逃げる忠之介の背後の道を塞いだ。

「なんだ、なんだ！」

「じゃまだあっ」

同心も立ち往生している。騒いでいるうちに忠之介は白壁の角を曲がった。池内屋敷の正面門がすぐそこにある。忠之介は逃げこんだ。

――忠之介を屋敷へ逃げこませる
それも策のとおりである。同心も群衆も惚《しか》と見ている。

追いついた群衆は池内屋敷の正門前に群がった。


寅治郎と留吉はさきほどの現場に残っていた。浪人が外濠より内側の武家地に入ることはご法度なのだ。愛宕山下は外濠の外だが、そこが大名小路とあってはやはり憚《はばか》られる。一方留吉は、足が震えていたのだ。

もし寅治郎の踏み込みが半呼吸でも遅れていたなら……たとえ相手が忠之介であっても、斬りつけられたなら防ぎようがなかったかもしれない。

「旦那ア。冷や汗ものでしたぜ」

正直に言う留吉に寅治郎は、

「ははは。実は俺もな、瞬時に対手《あいて》の刀を押さえ、おまえの持っている風呂敷包みの中身が見えるように油紙を切り裂くのは至難の業だったのだ。それでつい指を三本も切断してしまった」

「旦那ア。それじゃあ、あれ、失敗だったので⁉」

血にまみれた指が三本、まだその場へ落ちたままになっていた。

池内屋敷の正門前に、人数が増えている。何事かと近辺の屋敷からようすを見に来る者もいる。裏の勝手口にも人が集まりはじめた。

「犬殺しーっ、出て来い！」

「人殺しもだーっ、指を忘れてるぞーっ」

叫び、門扉を叩き、蹴り、石を投げこむ者も出はじめた。

「よせっ、よさぬかーっ」

手負いで逃げる武士を、群衆と一緒に追っていた同心は規制にまわらざるを得ない。捕方二人を連れているとはいえ、押さえられるものではない。

「応援を！」

捕方の一人が八丁堀に走った。

突然のことに屋敷の中は仰天し、さらに狼狽《ろうばい》から逼塞《ひっそく》へと変わる。外の群衆は時とともに増える。箕之助たちや店頭の配下らの姿はそこにない。とっくに引き揚げているのだ。騒ぎは終日のものへと拡大し、それは陽が落ちかけるころまでつづいた。

七

駆けつけた町奉行所の警備陣を前に、きのうの夕刻にいったん散った群衆は、きょう夜明けとともにふたたび集まりはじめていた。

「――犬目付が犬を殺し、町家の者を強請《ゆす》ってたってよ」

「――犬殺しの現場を見た職人を殺そうとして返り討ちに遭い、腕を斬り落とされたっていうぞ」

噂は人の集散する増上寺門前が発信地になり、一晩を経て江戸全域に広まっている。単なる噂ではない。見た者は多く、当人は確実に池内屋敷へ逃げこみ、指三本と犬の死骸を町奉行所の役人が押さえているのだ。

舞はこの日、

(訊かれたら、正直に答えよう)

出たばかりの陽光を受けながら田町八丁目に向かった。きのうのうちに噂は街道を品川宿のほうまで走り抜けている。それが田町あたりでは、

「――愛宕山下で犬目付の腕を斬り落としたのって、鉄扇の旦那らしい」

ささやかれていたのだ。それが舎弟の指三本で、挑発した留吉が無事だったことを知ったのは、きのう大和屋の居間に箕之助たちが帰ってきてからであった。

「――刀に手をかけ踏み込んで来た忠之介を俺はヒラリとかわし」

志江と舞を相手に留吉の講釈は威勢がよく、横で箕之助は笑みを浮かべていた。

寅治郎は昨夜も直接芝二丁目の塒に帰っている。

「――あしたもよ、日向の旦那と一緒に金杉橋の浜幸屋で海鮮料理と富士見酒に囲まれ、仕上げの推移を見守らしてもらうぜ。棟梁も承知だい」

留吉は大和屋の居間で言っていた。

舞の足は田町四丁目の札ノ辻にさしかかった。陽が昇ったばかりというのに、数人の人だかりができ、いずれもが愉快そうに高札場を見上げている。

(なにかしら)

舞も立ちどまった。

「あら。ウフフフ」

やはり頬がゆるんだ。訪ね犬の捨て札は引き抜かれ、もう一方の訴人を呼びかけるほうはそのまま立っていたが、

――生類憐みの情なき振る舞い許し難く

その部分だけ残してあとは黒く塗りつぶし、前のほうに貼られた紙片には、
——犬目付　池内備後守忠友　此《こ》の者
あとのほうには、
——よって市内引廻しの上　斬首さらし首の刑に処す
夜中のうちに何者かが仕込んだのであろう。舞がその場を離れるとき、笑いながら見上げる人数はさらに増え、声に出して読む者もいた。

愛宕山下は着実に推移していた。

夜明けのころであった。朝の早い納豆売りや豆腐屋が屋敷の前を、

「ご苦労さんです」

声をかけて通った。町奉行所の役人たちは、篝火《かがりび》を消しにかかっていた。夜通し見張っていたのだ。名目はむろん、押しかける群衆への警戒だが、篝火まで焚《た》いて人数を配していたのは、逃げこんだ者が逃亡するのを防ぐかのように周囲には映っていた。きのうの気勢や投石の大騒ぎにも、町奉行所から新たに出張ってきた役人たちは門扉《もんぴ》が破られるのを防いだだけで、投石者の一人も取り押さえていない。

日の出とともにふたたび集まりはじめた近くの住人や野次馬たちも、

「おや、お役人さん。夜通しご苦労さんでしたねえ」

などと同心や捕方たちに声をかけていた。だが人数が増えてくれば、

「こら、よさんか！」

「やり過ぎはいかんぞ！」

叫ぶ役人たちを圧倒してきのうとおなじ状況となり、その数はさらに増え、なかには日本橋や四ツ谷から来たという者まで見られはじめた。

そのような中に、群衆の一角から歓声が上がり、たちまちそれは周囲に伝播《でんぱ》し、

「それだけかい！」

「犬目付の備後守はどうなんでえ！」

「出て来やがれ！」

すぐに新たな罵声が上がり、投石の鎮まることはなかった。

屋敷内部のようすが外に洩れ、同心の口を経てたちまち広がったのだ。それらの状況は、物見に出ている浜幸屋の仲居や番頭、蓬萊屋の嘉吉、三車の人足らによって金杉橋へ逐一もたらされた。

「ほう、あのご舎弟さんが」

と、安堵の色を示したのは、浜幸屋のあるじ宇一郎と三車の重五郎だった。それ

は、干鰯の一件も犬の死骸を海岸に埋めたことも、闇のなかに押しやるものだったのだ。

今朝方のことらしい。屋敷内で忠之介が切腹したというのである。指を三本落とされている。自刃の刀を持つことなどできない。かたちは切腹でも、実際には斬首であったことが容易に想像できる。

「トカゲのシッポ切りですな」

大野屋藤右衛門は言った。池内備後守が千二百石の家を守るため、強引に弟の忠之介を庭に引き据えたのであろう。だが仁兵衛は、

「犬目付だからこそ、その程度で収まってもらっては困ります」

奥まった小さな双眸を左右に動かし、

「そのためにわしらは策を練り、動いたのですからなあ」

「そうともよ。備後守め、見せしめのため市内引廻しの上さらし首だい！」

すかさず留吉が応じた。札ノ辻に張り出された文言《もんごん》とおなじである。江戸庶民の共通した憤激がそこにも見られようか。

物見に出ていた仲居の一人がまた嬉々として帰ってきた。

「人の数は両隣のお屋敷の前まであふれ、勝手口のある路地にも人が満ちて石や棒

切れを投げこんでおります。旦那さま、また物見に行っていいですか！」

仲居は愛宕山下の熱気をそのまま持ち帰ってきている。

「──やい、犬目付！　一匹や二匹じゃねえ。江戸中の犬を殺しやがれっ」

「──切腹するときゃあ犬目付！　介添えしたがってるヤツらが一杯いるぜーっ」

「──そうさぁ、あたしもだーっ」

膨らむ群衆は石つぶてや棒切れとともに叫んでいる。

町奉行所の手の者が一応門扉の破られるのを防いでいるが、それ以上の手を出しかねている。下手に押さえこもうとして騒ぎが他の屋敷にまで飛び火し、一揆《いっき》の様相へ発展するのを怖れているのだ。

仁兵衛と昵懇の与力が、

「ほう、ご一同。昼間から割烹とは豪勢だのう」

と、金杉橋の浜幸屋にふらりと顔を見せたのは、その日の太陽が西の空にかたむきかけた時分であった。供の者を別室に待たせ一人で部屋に入ってきたとき、仁兵衛は涼しい顔をしていたが、留吉や三車の重五郎などは緊張し、

「わたくし、浜松町に住まいしております……」

藤右衛門が先手を打って名乗ろうとすると与力が、

「いやいや、名乗らんでもよろしい。知らぬほうがよい場合もあるでのう」

と、手で制し、座を和《なご》ませた。

仁兵衛が窪んだ小さな双眸をさらに細めるなか、与力は立ったままだが穏やかな口調で言葉をつづけた。

「きのう、蓬莱屋から愛宕下の付近で見物《みもの》があるからと聞いたときには、これほどの騒ぎに発展するとは想像もしなかった。ただ、屋敷内や城中に変わった動きがあれば知らせてくれと蓬莱屋から頼まれておってのう。きょう小者を赤羽橋に走らせると、こちらに行っていると聞かされたもので、直接それがしが参ったまで」

と、部屋の面々に視線を投げ、

「ふむ。このご一同が蓬莱屋のお仲間ということでござるな」

大店のあるじ風から浪人に職人姿までと、職種の異なる顔ぶれに得心したような表情をつくった。与力は仁兵衛の〝お仲間〟にことさら興味を持ち、不意打ちのように金杉橋の浜幸屋へ訪いを入れたようだ。だが自分でも言ったように、それ以外に目的がないのは確かなようだ。仁兵衛は平然と、

「で、その変わった動きとは」

与力へ座るように手で示した。

「さればでござる」

与力は部屋に座を占め、居ずまいを正した。一同はさきほどの緊張を忘れ、上体を与力のほうにかたむけた。

なにしろお犬さまにかかわることである。きのうの騒ぎに幕府の評定所は驚いたようだ。要請を受け、情報収集の陣頭指揮をとり備後守の舎弟の悪行をとりまとめ報告したのが、いま金杉橋に来ている与力であった。その内容に老中と大目付たちは早々に鳩首《きゅうしゅ》したという。

——評定所での吟味が必要

そういう結論に達したらしい。評定所での吟味となれば大目付、寺社奉行、町奉行らの居ならぶ前に引き出されることになる。武家にとって結果はどうであれ、家門を汚すことこの上なく一門の破滅を意味する。

それが備後守の耳に入ったのは、きのう陽が落ち、おもての群衆が散ってからであった。

「朝を迎え屋敷内で忠之介を処分したのは、当人自裁《じさい》につき、と屋敷の当主が評定所へ引き出されるのを免れるためであったろうよ」

与力は言う。

だが、〝当人自裁〟など効果はなく、群衆はきょうも時とともに集り、それをまた町奉行所が克明に評定所へ報告する。老中も評定所の面々も、諸人《もろびと》の矛先《ほこさき》が将軍家そのものに向けられることを懸念した。

――早急に備後守の吟味を
城内での声は高まった。そのようすはまた、群衆に囲まれ罵声を浴びせられる池内屋敷へ隣家の庭を通じてもたらされた。

「それが奏功《そうこう》したのか、ついさきほどのことだ」

与力はつづけた。隣家の用人が備後守の書状を評定所にもたらした。

――将軍家のお膝元を騒がせたるは我が不徳の至り。役務返上の上、切腹をもって上様にお詫び仕《つかまつ》りたい
認《したた》められていたという。

「ほおぉう」

浜幸屋の座に声が上がった。弟につづく池内備後守忠友の自裁は、

「今宵、日の入りより半刻《はんとき》（およそ一時間）後ということでのう。つまり、きのうのように外がいくらか鎮まってからだ。なにぶん当主の切腹だ。禄高は減らされ屋

敷替えも命じられようが、家名の存続は許されようかのう」

言うと与力は、

「そうそう」

座していた腰を浮かせ、

「こうしてはおれぬ。評定所から検分役の使者も参られよう。ご一行を無事に屋敷へ入れねばならぬからのう」

立ち上がり、廊下に出た。座の者は予想以上の急展開に、仁兵衛ともども啞然としたままである。弟の悪行に犬目付の兄が関与していたかどうかは、干鰯や犬の死体隠しと同様、闇に葬られることになる。

(もうこれ以上の策は不要ぞ……与力はそれを告げに来たのか)

それぞれの脳裡にながれた。それを肯是《こうぜ》するかのように与力は廊下で振り返り、

「蓬萊屋、こたびはまったくもって驚いたが、礼を言うぞ。それにそなた」

総髪の寅治郎へも視線を向け、

「田町の茶屋にいつも座っている御仁とはそなたかのう。街道筋の安寧《あんねい》を保ってくれている由《よし》、ありがたく思うておるぞ」

言うと袴の裾をひるがえし、玄関のほうへ消えた。番頭があわてて仲居を従え、

見送りに出た。あとの座は、ただ呆気にとられていた。

八

それでも一同の胸の底へ、やり遂げたことへの思いが徐々に実感として湧きはじめた。

「うーむ。あのような与力がいたとはのう」

寅治郎が、一本取られた態で座に動きを呼び戻した。仁兵衛も含め、一同は同感の頷きを示した。

「そうそう」

仁兵衛がさきほどの与力の口調を真似るように、座の動きをさらに押した。

「えっ、まだなにか」

藤右衛門が応じるように返したのへ、

「田町六丁目の三車さんの跡地についてだが、どなたか後釜をと大野屋さんから頼まれておりましてなあ」

仁兵衛は視線を藤右衛門から一同にまわした。箕之助はアッと思った。犬始末の件ですっかり失念していたのだ。

「おう、そうでした。で、見つかりましたかなあ」

「そのこと、あっしも気になっておりまして」

大野屋藤右衛門につづいて三車の重五郎も身を乗り出した。急に話題が変わっても座になんら違和感はなかった。お犬さま騒動がすでに落着したことへの思いを、一同は共有しているのだ。仁兵衛は言葉をつづけた。

「大野屋さんが〝町のためになるようなお人〟と申されたときから、儂の脳裡には浮かんでおりましてな、商いのお人ではないのだが……日向寅治郎さまは如何《いかが》かと思いますのじゃが」

「えぇ!」

「なぬ⁉」

一同の驚きに寅治郎の声も混じった。

(なるほど)

あらためて箕之助は得心した。仁兵衛は寅治郎と四ツ谷の井口裕之進との一件を知っている。その上で言っているのだ。

「あそこへ日向さまに剣術の道場を開いていただくのはどうだろう」

「おっ、そいつはいい。町のためになりまさあ」

仁兵衛の提案に留吉が膝を打てば、

「名案だ。あそこに鉄扇の旦那が入っていただけるのなら、あっしも安心して車町に引っ越せまさあ」

重五郎がすかさず声を入れ、浜幸屋の宇一郎も膝を寅治郎のほうへ向けた。街道の安寧が保たれるばかりではない。界隈には若い漁師がゴロゴロしており、商家でも浜とあっては威勢のいいのが多く、〝鉄扇の旦那〟が道場を開いたとなれば入門者はあとを絶たないであろう。一同の目は寅治郎を凝視した。

「ちょ、ちょっと待て」

寅治郎はそれらの視線を手でさえぎる仕草を示し、

「ありがたいことだ。だが……」

真剣な表情だった。死を見つめていた日々から、慥《しか》と生きる目的を得る道への転換である。だが具体的な話になると、

「そのような準備など、俺にはないぞ」

なるほど伝馬屋であった家屋を借り受けるにも、改装に相応の費用はかかろう。それに家賃も……。

さきほどから黙していた大野屋藤右衛門の口が動いた。

「日向さま。手前どもでは家作を次のお人の用途に合わせて造り変え、それから引き渡すこともありまするよ」

「大野屋さん！　願ってもない。ですが、お手前さまだけに出資はさせませぬぞ」

仁兵衛が感動をこめた口調で言ったのへ、

「さきほどの与力どの、〝街道の安寧〟とおっしゃっていましたが、まさにそのとおりです。及ばずながらわたくしも」

浜幸屋の宇一郎がつなぎ、さらに三車の重五郎も、

「こっちは引越しの段取りでいまは文無しですがね、そりゃあ喜んでひと肌脱がせていただきまするよ、鉄扇の旦那」

「うーむ」

寅治郎は唸った。

「おやりなさいまし、日向さま」

箕之助が低く意を込めたように言ったのへ寅治郎は、

「うむ」

頷きを返した。

物見に出ていた嘉吉が帰ってきた。陽はすでに落ち、外は暗くなっている。

「新たな噂が群衆にながれ、ふたたび歓声が上がったのを境に投石はほぼ収まり、いまは皆さん三々五々引き揚げはじめました。それに陽が落ちるころ、供揃えをととのえた権門駕籠が三挺、奉行所の手に守られて池内屋敷に入っていきました」

座に祝杯の気分は生まれず、空気は遠慮を含んだものになっていた。そろそろ刻限なのだ。それでも夜更けてから留吉が箕之助と一緒に大和屋まで戻ったとき、

「わあっ、酒臭いっ」

玄関口に手燭を持って出てきた舞はまた言っていた。

翌日、動きは日常に復していた。だが、違う。三日ぶりに寅治郎が朝日を受けながら田町の茶屋に入ったとき、道場の噂は、御田八幡の四丁目あたりからから海浜が背後に迫る九丁目にまで知れわたっていた。一足さきに茶屋へ入った舞が得意になって話していたのだ。寅治郎が七丁目あたりにさしかかるなり両脇から、

「旦那ア、やっぱり田町の街道にいてくださるんですネッ」

「道場の話、ほんとですかい！」

声が飛び交うのだから足が戸惑い気味になったのも無理はない。

その翌日の夕刻近くである。車町の普請場で留吉は棟梁から声をかけられ、

「ここの柿落《こけらおと》しは間もなくだが、御田八幡裏手の家作の改装、おまえに任すぞ」

「すりゃあ、まっことで！」

留吉は飛び上がった。昼間、棟梁が田町六丁目に呼ばれて行ってみると、藤右衛門と仁兵衛が来ていた。もちろん重五郎もいる。そこで向後の段取りが話し合われたのだ。談合の終わったあと、重五郎は人足たちを集めて言っていた。

「──車町では御用の連中と張り合わねばならねえ。道場に入門したい者はしてもいいいぞ。謝儀《しゃぎ》は俺が出してやる」

人足たちは歓声を上げた。


その夜、行灯に照らされた大和屋の居間で、

「だったら旦那、道場の名は鉄扇道場ってのはどうですかい」

「まったく考えることが単純なんだからぁ」

杯を酌み交わしながら留吉が言ったのへ、また舞がつっかかっていた。

「いいかもしれんのう」

苦笑しながら応じた寅治郎へ、

「ンもう、旦那までっ」

舞の容《かたち》のいい鼻がまた膨らんだ。

三人が帰ったあと、志江が不意に真剣な表情になった。かたづけはすべて終わり、あとは寝間の二階に上がるだけだった。

「どうした」

心配げに問う箕之助に志江は、

「おまえさま、これからも日向さまが近くにいらっしゃるからといって、人さまの奥向きに踏み入るのは十分用心してくださいまし」

「ん？　犬騒動のことか」

「それもありますが、この大和屋はもうあたしたち二人だけではないのですから」

志江はそっと腹をさすった。

「えっ！」

箕之助は言われるまで気がつかなかった。

居間の行灯は消え、手燭の灯りが静かに二階へ移った。

池内家が備後守の官名を召し上げられ、禄も千二百石から三百石に減じられて屋敷も明け渡し他所へ引っ越した、と嘉吉が大和屋に知らせに来たのは、それから数日後のことである。家名を継いだまだ年若い長子は、役職のない小普請組に入れられたらしい。

「日向さまにも伝えてきます。早くお知りになりたいでしょうから」

仁兵衛に言われたのではなく、自分の意思で行くような嘉吉の口振りであった。

箕之助よりも志江が応じ、

「そうね、ついでに舞ちゃんにも。知りたがっていると思いますよ。あの娘《こ》もあたしたちとの付き合いで、献残屋の奥向きをけっこう知るようになっているから」

「は、はい」

慌てたように応え、嘉吉は街道のほうへ駈けて行った。箕之助は帳場格子の中に座ったままだった。玄関口で嘉吉を見送った志江は振り返り、

「池内家もお子がいらしたから、家名が保たれたのでしょうねえ」

「そのようだ。あっ、気をつけて」

箕之助は思わず言った。志江は上がり框《かまち》に足をかけていた。〝生類憐みの令〟も献残屋稼業も、これからまだまだつづくのである。

あとがき

本編の執筆が終わりに近づいたころ、住宅街にはいつもの廃品回収のスピーカー音が頻度を増したのに加え、数種の灯油販売の車が聞きなれた音楽とともに次々と巡回し、繁華街に出るとクリスマスの飾りつけと軽快なリズムに満ちる頃となっていた。もうこんな季節になったのかと思いながら第三話の「お犬様異聞」の締めくくりにかかったわけだが、時代物に手を染めながらクリスマスや廃品回収車の頻度、さらに灯油販売車で季節を感じるなど、なんとも興《きょう》を殺《そ》がれる思いだが実際はそうでもない。クリスマスはともかく、江戸時代でも冬になれば炭を満載した大八車が町々を頻繁に巡回しはじめ、年末が近づけば見倒屋《みたおしや》があちらの町こちらの町と忙しく走っていた。

炭売りの大八車は即現在の灯油販売車で、見倒屋とは古着屋、古道具屋、屑《くず》屋などを合わせた古物・再生業者のことである。つまり見倒屋は古着、古壁紙、鍋釜《なべかま》に刀までなんでも買った。江戸川柳《せんりゅう》に「見倒は刀を差して鍋をさげ」というのがある。買い取った刀を腰に差して鍋を手にぶら下げている姿を詠んだものだが、緊急に金が必要な時、あるいは引越しなど、古着屋や古道具屋などを個別に呼ぶのは面倒で、一括して買い取ってくれる見倒屋を呼ぶのが便利だったのだろう。その代わり足元を見られて買い叩かれる。そこで見倒屋という名がついたわけだが、そうあくどい商いをしていたわけではない。「見倒屋 情《じょう》を知って不如意なり」というのもある。売り手の事情を知って高く買いたいが、そうもいかないようすを詠んでいる。

この業種も品物のリサイクルという意味では献残屋と似ている。私が本編のシリーズを書こうと思ったとき、もう一つ考慮した職種がある。損料《そんりょう》屋で、現在《いま》のレンタル業者である。下帯《したおび》から蒲団《ふとん》、装身具、鍋、釜、冬の炬燵《こたつ》に夏の蚊帳《かや》、さらに羽織や喪服まで貸し出していた。損料とは品物の傷む分の代金である。川柳にも「ほかほかとするを背負いこむ損料屋」というのがあれば「損料屋涙が染みて五百取り」というのもある。きのう貸した蒲団を朝方に受け取ると、まだぬくもりが残っていたという商品の回転のよさを示したもので、もう一方は喪服を貸し出すと涙で濡れており、その汚し代として五百文を取ったというものである。いずれも他人《ひと》の奥向きをついのぞいてしまう職種だが、箕之助が献残屋ではなく見倒屋か損料屋だったなら、また違った物語の展開になっていたかもしれない。

第一話の「火付け始末」で、箕之助は商いの拡張を喜んだものの、そこには泉岳寺門前での小火騒《ぼや》ぎという背景があり、しかも付け火の犯人が舞のかつての同僚であったことから、また相手方の奥向きに踏み入ってしまう。場所が寺社奉行の支配地であったため、町奉行所は手が出せなかった。付け火には事情があり、箕之助たちは第三の事件を防ごうとするが果たせず、犯人の娘は斬首刑に処せられる。しかし当然、それでは収まらない。杢之助は奔走し、舞と志江もその気になって寅治郎の合力《ごうりき》のもと、八丁堀の与力に「市井《しせい》にある者の手とは恐ろしいものよ」と言わせる結末を迎えることになる。

第二話の「寅治郎蘇生」では、ついに寅治郎を敵《かたき》とする人物が現れる。井口祐之進なるその人物は江戸府内に住んでいた。なんとそこに気づいたのは赤穂藩の大石一統を脱盟した高田郡兵衛であった。寅治郎の身を案じた箕之助は、郡兵衛の助力を得て井口祐之進の周囲を探る。井口もまた寅治郎同様〝武家の理不尽〟を感じている人物であった。寅治郎と井口祐之進は、高田郡兵衛と不破数右衛門の立ち会いのもとに対面することになる。寅治郎はその場で百日髷《ひやくにちまげ》を切り落とし総髪《そうはつ》となったが、それは日向寅治郎のある決意を示すものであった。

第三話の「お犬様騒動」は、犬公方《いぬくぼう》と言われた綱吉《つなよし》の〝生類憐みの令〟に翻弄《ほんろう》される江戸庶民に焦点をあてた。お犬様に諸人《もろびと》が戦々恐々としておれば、それを利用して詐欺《さぎ》というよりも強請《ゆすり》を働く輩《やから》が出ても不思議はない。箕之助の身近にも被害者が出て、しかもその輩は犬目付の屋敷の中に潜んでいた。仁兵衛に寅治郎や留吉はむろん、地主の大野屋藤右衛門、割烹《かっぽう》の浜幸屋宇一郎、伝馬《てんま》の三車《みつぐるま》重五郎らが一丸となって裏手口を用い、得心のいく解決に持ちこむ。それはまた、庶民の犬公方に対する嫌悪感を熟知した上での奇策であった。

このように箕之助たちはまだまだ江戸の市井に生き、今後の活躍にも話は尽きないが、このシリーズは本編で八冊目となり、これまで箕之助とその周辺の人物にご支援いただいた方々に心よりの感謝をしつつ、この末広がりの数字をもって一応の区切りとしたい。江戸市井の息吹きに目を向ければさらに無尽蔵なものがあり、新たな切り口によってふたたび読者の方々とお目にかかりたいと願っている。そのときにはまた、新たな登場人物へのご支援を賜《たまわ》りたい。

平成二十年　冬

喜安　幸夫

ベスト時代文庫

献残屋　火付け始末

喜安幸夫

2009年2月1日初版第1刷発行

発行者……………栗原幹夫

発行所……………KKベストセラーズ

〒170-8457 東京都豊島区南大塚2-29-7

振替00180-6-103083

電話03-5976-9121（代表）

http://www.kk-bestsellers.com/

DTP……………オノ・エーワン

印刷所……………凸版印刷

製本所……………フォーネット社

Printed in Japan ISBN978-4-584-36655-4 C0193

献残屋秘めた刃
喜安幸夫
因果な商売ゆえに見えてくる社会の悪を密かに葬る痛快裁き！

献残屋見えざる絆
喜安幸夫
町人には許されぬ仇討ちを密かに助ける箕之助たちの活躍を描く！

献残屋隠された殺意
喜安幸夫
色男で金もある寄合茶屋の若主人には許されざる悪行の過去が…。

妖かし斬り 四十郎化け物始末
風野真知雄
江戸に出没する妖しの影の正体は？話題の気鋭の傑作書下ろし！

ベスト時代文庫

ベスト時代文庫

邪炎に吠える
牧秀彦
巴の破剣
江戸庶民を恐怖に陥れる付け火の下手人を討て！シリーズ第3弾！

裏切りに啼く
牧秀彦
巴の破剣
師弟、激突！篤き男たちの絆を裂く謀略の仕掛人を討て！

仕置仕舞
牧秀彦
巴の破剣
さらば修羅の日々！これが最後の大始末！シリーズ完結編！

還暦
牧秀彦
塩谷隼人
江戸常勤記
その江戸家老、齢六十にして、腕いまだ衰えず！新シリーズ開幕！